深く考える力

田坂広志
Tasaka Hiroshi

PHP新書

深く考える力

目次

第一部

賢明なもう一人の自分

深く考える力とは、心の奥深くの自分と対話する力

第二部

深き思索、静かな気づき

文章を書くこと、読むことは、思索の階段を降りていくこと

第三部 言葉との邂逅

心に触れる言葉に巡り会ったとき、深い思索が始まる

謝辞

第一部

賢明なもう一人の自分

深く考える力とは、
心の奥深くの自分と対話する力

誰の中にもいる「賢明なもう一人の自分」

深く考える力。
それは、誰もが身につけたいと願う力であろう。

では、「深く考える」とは、いかなることか。

それは、決して、長い時間をかけて考えることや、
一生懸命に頭を絞って考えることではない。

それは、
あなたの中にいる「賢明なもう一人の自分」、
その自分と対話すること。

そのとき、その「もう一人の自分」が、我々の考えを深めてくれる。
思考を深め、思索を深めてくれる。
そして、それは、
我々の中から、叡智《えいち》が湧き上がってくる瞬間でもある。

では、その「賢明なもう一人の自分」は、どこにいるのか。

実は、我々、誰の中にも、心の奥深くに、
想像を超える賢さを持つ「もう一人の自分」がいる。

我々の能力を分けるのは、そして、人生を分けるのは、
その「賢明なもう一人の自分」の存在に気がつき、
その自分との対話の方法を知っているか否かである。

では、どうすれば、その「賢明なもう一人の自分」が現れてくるのか。
そして、どうすれば、その「賢明なもう一人の自分」と対話できるのか。

この第一部では、まず、その方法を「五つの技法」として紹介しよう。
しかし、その前に、大切なことを述べておこう。

文章に表すと、「賢明なもう一人の自分」が囁き出す

筆者は、毎週、エッセイ・メール『風の便り』を、何万人かの読者に配信しており、また、毎月、連載エッセイ『深き思索、静かな気づき』を、ある雑誌に寄稿しているが、これらのエッセイを読まれた方々から、しばしば、次のような質問を頂く。

「どこから、そうした新たな発想が生まれてくるのか」
「どうすれば、そうした深い思考ができるのか」

そう言って頂くことは、大変、有り難いが、自分自身は、いまだ、文章を通じて思索を深める修業を続けている身であり、そうした新たな発想や深い思考ができているかについては、本書の第二部、第三部を読んで頂き、謙虚に読者諸氏の判断に委ねるべきであろう。

しかし、もし、自分に、少しでも発想の新しさや思考の深さというものがあるならば、その理由は、ただ一つ。

自分の中に「賢明なもう一人の自分」がいることを、深く信じているからであろう。

そして、その「もう一人の自分」に叡智を貸してもらう技法を、ささやかながら身につけているからであろう。

例えば、一つのテーマで文章を書くとき、どうするか。

多くの人は、文章を書くとは、次のようなことであると思っている。

(1)まず、そのテーマについて、頭の中にあるアイデアを、一度、メモなどの形で、すべて外に出してみる。
(2)次に、そのアイデア全体を眺め、整理し、考えをまとめる。
(3)そして、その考えを、論理的に、分かりやすく、文章にしていく。

それが、多くの人にとって、文章を書くときの方法であろう。

しかし、私にとって、文章を書く方法は、少し違う。

上記の方法の(1)と(2)までは、同じである。しかし、次に、その考えを、論理的に、分かりやすく文章にしていこうとすると、自分の中の「賢明なもう一人の自分」が囁《ささや》き出す。

「その論理展開ではない。この論理展開で書くべき」

「その視点ではない、この視点で書くべき」

「そのアイデアではない、このアイデアを使うべき」

「そのエピソードではない、このエピソードを使うべき」


そして、この「もう一人の自分」が囁き出すと、なぜか、その囁きに素直に従おうという気になり、そこから本格的な執筆の作業が始まり、一つの文章が自然に生まれてくる。

第二部、第三部に載せた三八編のエッセイは、すべて、そのようにして書かれたものである。


こう述べると、読者は驚かれるかもしれない。

しかし、文章の創作というものは、本来、そうしたものであろう。

例えば、かつて『白い人』という小説で芥川賞を受賞した作家の遠藤周作氏が、あるエッセイで、こう述べている。

「ある心中物語を書こうと思ったら、書いている途中で、主人公が『死にたくない』と叫び出し、結局、この主人公を殺せなかった」

この主人公の叫びは、ある意味で、遠藤周作という作家の心の奥にいる、「もう一人の遠藤周作」が囁いたのであろう。「この主人公を殺すな」と。

このように、もし世の中に「深く考える力」というものがあるならば、それは、長時間考えることでも、一生懸命に考えることでもなく、心の奥深くにいる「賢明なもう一人の自分」の声に耳を傾けることであろう。

その「賢明なもう一人の自分」は、いつも、静かに我々の思考や思索を見つめている。そして、ときおり、素晴らしいアドバイスを与えてくれる。

そして、この「賢明なもう一人の自分」は、我々、誰の中にもいる。

「賢明なもう一人の自分」の持つ不思議な能力

実際、この「賢明なもう一人の自分」は、我々の想像を超えた素晴らしい能力を持っている。

その能力は、大きく二つある。

一つは、論理思考を超えた「鋭い直観力」。

我々の多くは、緻密に論理を積み上げていくことが「考える力」であると思っているが、実は、それは、「考える」という行為としては、ごく初歩的な段階にすぎない。最も高度な「考える力」とは、そうした論理思考を超え、突如、新たな考えが閃《ひらめ》く直観力のこと。

それが「深く考える力」の本質である。そして、「賢明なもう一人の自分」は、まさに、その直観力を持っている。

もう一つは、データベースを超えた「膨大な記憶力」。

詳しくは、第二部の「人生のすべての記憶」と題するエッセイで述べるが、我々の心の奥深くには、実は、人生で触れたすべての情報が記憶されている。しかし、我々の通常の思考では、それらの情報のごくわずかしか取り出すことができない。しかし、「賢明なもう一人の自分」は、それらの情報の中から、必要なものを、瞬時に取り出すことができる。

実際、表面意識でのブレーンストーミングでは、どれほど考えても思い浮かばなかったエピソードや記憶が、「賢明なもう一人の自分」が動きだすと、心の深層から浮かび上がってくることは、しばしばある。

この二つが、「賢明なもう一人の自分」の持つ素晴らしい能力であるが、では、なぜ、そうした能力が、我々の日常の思考において発揮されないのか。

我々の能力の発揮を妨げる「無意識の自己限定」

その理由は、明確である。

自分の中に、そうした力があると信じていないからである。

いや、むしろ、我々の多くは、「自分は直観力が無い」「自分は記憶力が悪い」という無意識の自己限定をしてしまっており、この自己限定が、我々の力の発揮を妨げ、ときに、無残なほど委縮させている。

例えば、いま、チョークで地面に三〇センチ幅の二本の線を引く。そして、誰かに「この線の内側を歩いてください」と言えば、健常者であれば、誰でもその線を踏み外すことなく歩ける。

しかし、もしそれが、断崖絶壁の上に架けてある三〇センチ幅の丸太橋であったならば、我々は、「落ちたら死ぬ」「こんな橋、歩けない」と思ってしまい、その瞬間に、足がすくんで一歩も踏み出せなくなる。

このように、我々は、無意識の自己限定が心を支配した瞬間に、本来持っている能力を無残なほど発揮できなくなる。そして、それは、肉体的能力だけでなく、精神的能力も、同様である。

しかし、もし我々が、この無意識の自己限定を取り払うことができるならば、何が起こるか。

その瞬間に、我々の中から「賢明なもう一人の自分」が現れ、直観力や記憶力など、素晴らしい叡智を発揮してくれる。そして、「深く考える力」を発揮してくれる。

そして、それは、本書で述べる「こころの技法」を身につけさえすれば、誰にでも起こることである。

では、どうすれば、その「賢明なもう一人の自分」が心の奥深くから現れてくるのか。そして、その叡智を発揮し始めるのか。

これから、そのことを「五つの技法」として、分かりやすく述べよう。

考えを文章に表すことは、「もう一人の自分」への呼びかけ

第一の技法は、まず、一度、自分の考えを「文章」にして表してみることである。

それだけで、自然に、「賢明なもう一人の自分」が現れてくる。

すなわち、あるテーマについて、自分の考えや思いを「文章」にして書いてみる。次に、一度、心を静め、しばらくしてそれを読み直すと、心の奥深くから「賢明なもう一人の自分」が現れてくる。そして、この「もう一人の自分」が、違う視点から見るという形で、考えを深めてくれる。

例えば、夜、ある一つの考えを思いつき、文章にしていく。そのときは、自分の考えをうまく文章にできたと思い、この文章を明日の会議で発表しようなどと考える。しかし、一晩寝て、翌朝、心を整え、その文章を読み返すと、ふと「もう一人の自分」が現れてくる。そして、「いや、この考えだけではない。他の考えもある」と語りかけてくる。

そのとき、昨夜の考えが、どこか一面的になっていたことに気がつく。すると、「もう一人の自分」が、「こうした視点から考えてみることも必要では」と囁きかけてくる。その結果、新たな視点、異なった視点で、そのテーマを考えてみようという気持ちになる。

こうした経験を持つ読者は、多いだろう。

しかし、ここで大切なことは、こうした思考のプロセスを「明確な技法」として身につけることである。

では、「明確な技法」とは、何か。

それは、次の二つの技法である。

第一は、徹底的なブレーンストーミングを行い、頭の中のアイデアを、一度、文章として表に出すことである。

第二は、そのアイデアがすべてであるとは、決して思わないことである。

この技法においては、特に、第二の技法が重要である。

なぜなら、第一の技法は、多くの書籍でも語られている方法であるが、この技法だけでは、ブレーンストーミングで出たアイデアがすべてであるという「無意識の自己限定」を行ってしまうため、心の奥深くから「賢明なもう一人の自分」が現れてこないからである。

むしろ、徹底的なブレーンストーミングを行うことの本当の意味は、頭の中から出すべきアイデアを出し切って、頭を空にすることにある。

そして、この空の状態で、「これだけがすべてではない」と自分の心の奥深くに呼びかけるならば、しばしば、その心の奥深くから「賢明なもう一人の自分」が現れ、様々なアイデアを囁いてくれるだろう。

考えるだけで、「もう一人の自分」が現れてくるようになる

こう述べてくると、「先ほどから語っているのは、文章を書く技法ではないのか」と思われる読者がいるかもしれない。

しかし、筆者は、ここで、「文章を書く技法」を述べているのではない。あくまでも、「深く考える技法」を述べている。

なぜなら、本書で述べる修練を積んでいくと、いつか、文章を書かなくとも、あることを考えた瞬間に、「もう一人の自分」が現れ、別の視点で何かを語り始めるからである。

それは、あたかも、算盤《そろばん》を学ぶことに似ている。算盤に習熟していくと、いつか算盤そのものが不要になり、頭の中だけで計算ができるようになるが、この「文章に表すことによって深く考える技法」も同様である。

例えば、臨床心理学者の河合隼雄氏が、その著書の中で、「何か一つのことを言うと、全く逆のことが言いたくなる」と述べているが、たしかに、その通り。我々は、ある程度の修練を積んでいくと、何か一つのことを文章にしてみると、その文章を別な視点で読み、別の視点から語りだす自分が現れてくる。そして、いつか、それが、「文章にする」という行為を経なくとも、自然な思考の流れとしてできるようになる。

このように、「考えを文章に表す」という修練は、究極、「文章に表すことなく考えを深める」ための修練に他ならない。

ちなみに、筆者は、大学時代から日記を書き始め、社会人になっても、その習慣を続けた。

日記とは、まさに、自分の中の「賢明なもう一人の自分」との対話であり、そうした「自己との対話」によって思索を深めていく習慣を一〇年の歳月を超えて続けた結果、いつか、文章に表さなくとも思索が深まっていくようになった。

「もう一人の自分」は、異質や正反対のアイデアに刺激を受ける

では、「賢明なもう一人の自分」の叡智を引き出す第二の技法は、何か。

それは、異質のアイデアを、敢えて結びつけてみることである。

これは、「思考の技術」を語る書籍では、しばしば述べられることであるが、実は、これを実行しようとすると、一つの問題に突き当たる。

なぜなら、異質のアイデアの組み合わせは、無数にあるからである。

では、どのようにして異質のアイデアを結びつけるのか。


その一つの技法が、「対極の言葉を結びつける」ことである。

例えば、本来、全く対極にある「未来」という言葉と「記憶」という言葉を結びつけ、「未来の記憶」という言葉を心に思い描いてみる。

すると、この言葉が刺激となり、触媒となって、「賢明なもう一人の自分」が動き出し、深い思索が始まる。

これは、「無用の用」「無計画の計画」「逆境という幸運」「病という福音」「偶然が教える人生の意味」「最先端科学と古典的宗教との融合」などの言葉も同様である。

こうした対極の言葉を結びつける技法は、「賢明なもう一人の自分」を刺激し、その働きを促し、新たなアイデアや考えを生み出していく。

しかし、こう述べると、この技法は、単なる「言葉の遊び」のように思われるかもしれないが、そうではない。

これは、実は、「弁証法」に基づく思索を深める技法なのである。

かつて、ドイツ観念論の哲学者、ゲオルク・ヘーゲルが、「正・反・合」のプロセスによる「止揚《しよう》」（アウフヘーベン）ということを述べた。

これは、「正」と「反」という、一見、全く対立するものを、より高い次元で統合していく思考のプロセスのことである。

分かりやすい例を挙げれば、子供の教育において、優しくするべきか（正）、厳しくするべきか（反）という議論がある。

最初、対立的に見えるこの二つの考えに対して、「厳しくすることが、本当の優しさではないのか」「厳しさの奥に、子供に対する深い愛情がなければならない」といった形で互いの思考を深めていくならば、最終的に、「優しさ」と「厳しさ」という二項対立を超え、二つの考えを、より高い次元で統合し、より深い理解に到達することができる。これが「止揚」という思考のプロセスである。

第二部に載せたエッセイの多くは、この弁証法的思考の実例である。

ちなみに、昔から、「イノベーション（革新）は、異質のものの結合によって起こる」と言われるが、その一つの理由は、異質のものの結合が、我々の中の「賢明なもう一人の自分」の働きを活性化するからでもある。

「もう一人の自分」は、自問自答に、そっと耳を傾けている

では、「賢明なもう一人の自分」の叡智を引き出す第三の技法は、何か。

それは、自分自身に「問い」を投げかけることである。

この「問いを投げかける」ということは、実は、人類の歴史においては、ソクラテス、プラトン以来、思考を深め、思索を深めていくための明確な技法として受け継がれてきた。先ほど述べた「弁証法」(dialectic)という言葉の起源も、この「問答＝対話」にある。

現代においても、「質問力」という言葉があるが、質問をする、問いを投げかけるということは、考えを深めていくための優れた技法である。

筆者が、かつて若き日に薫陶《くんとう》を受けた、米国カリフォルニア大学バークレー校のP教授は、学生に対して、常に「Why?」という言葉を発しながら、その思考を深めることを促していた。

このように、ソクラテスもプラトンも、P教授も、相手に対して問いを投げかけることによって、その思考の深まりや思索の深まりを促したが、これは、そのまま、我々の中にいる「賢明なもう一人の自分」の叡智を引き出す技法にもなる。

例えば、自分で、ある考えを文章に表していくと、ふと、一つの「問い」が心に浮かんでくる。その「問い」を、自問自答の形で、自分自身に問うと、最初は、心に何も浮かんでこないが、まもなく、心の奥深くから「答え」が浮かび上がってくる。

これは、「賢明なもう一人の自分」が、心の奥深くで「自問自答」に耳を傾けており、その「問い」に刺激を受け、動き出し、「答え」を教えてくれる瞬間である。

この第一部において、そして、第二部、第三部に載せた筆者のエッセイや書評において、「それは、なぜか」「では、どうするか」といった言葉がしばしば出てくるが、それは、読者への問いかけであるとともに、「自問自答」の形を通じて、筆者自身が、心の奥深くの「もう一人の自分」に呼びかけ、その叡智を借りながら、思考を深め、文章を展開しているからでもある。

しかし、この「賢明なもう一人の自分」は、どのような場面でも、投げかけた「問い」に対して、すぐに「答え」を教えてくれるわけではない。

では、そのとき、どうするか。

「もう一人の自分」は、「問い」を忘れたとき、考え始める

そのとき行うべきことは、一度、その「問い」を忘れることである。

そして、それが、「賢明なもう一人の自分」の叡智を借りる第四の技法である。

なぜなら、昔から「無心のとき、直観が閃く」と言われるが、「賢明なもう一人の自分」の直観力は、我々の表面意識で「答えを知りたい」という気持ちが強すぎると、働かないからである。

しばしば語られることであるが、ノーベル賞を受賞するような科学者の

「天才的直観」と呼ぶべき素晴らしいアイデアは、「答えを見つけよう」と必死に考え、考え、考え尽くして、疲れ果て、一度、その問題から離れ、休息をとったときや、睡眠をとったとき、さらには、他の仕事に集中したときや、何かの遊びに没頭したとき、突如、閃くことが多いと言われる。

すなわち、「答えを見つけよう」という意識が強すぎるときには「直観」は閃かない。その問題を徹底的に考えた後、一度、その意識から離れ、問いを忘れたとき、さらには、「無心」の状態になったとき、心の奥深くの「賢明なもう一人の自分」が動き出し、「直観」が閃くという形で、「答え」を教えてくれるのである。

では、「賢明なもう一人の自分」が動き出すのは、「無心」になったときだけか。

実は、我々が、もう一つの心の状態になったときにも、動き出す。

それは、「追い詰められた」ときである。

例えば、原稿の締め切りに追われて、もう時間が無いときなどに、それまで動かなかった「賢明なもう一人の自分」が、突如、動き出し、「閃き」という形で原稿のアイデアを教えてくれることがある。そうした経験を持つ読者は、少なくないだろう。

従って、「賢明なもう一人の自分」の、この性質を意図的に生かしたものが、叡智を引き出すための第五の技法である。

「もう一人の自分」は、追い詰められたとき、動き出す

すなわち、第五の技法は、自分自身を追い詰めることである。

原稿で言えば、締め切りを明確に定め、自分を追い詰める。アイデアであれば、「いつまでにアイデアを出す」と周りに宣言してしまい、自分を

追い詰める。そうした技法である。

実際、分野を問わず、一流のプロフェッショナルは、「直観」を閃かせるために、自らの退路を断ち、自らを追い詰める技法を身につけている。

詳しくは、第二部の「直観を閃かせる究極の技法」というエッセイで述べるが、例えば、永年にわたりテレビで生放送の時事番組を担当した著名なキャスターは、「生放送の番組の方が、録画の番組よりも、ゲストから良いコメントを引き出せる」と語っている。これも、「撮り直しができない」という追い詰められた緊張感の中で、優れた直観が閃き、良いコメントが生まれることを述べている。

こう述べると、「では、直観を閃かせるためには、ただ、退路を断ち、自らを追い詰めればよいのか。それでは、自分が辛くなってしまうのではないか」と思われる読者がいるかもしれない。

その問いに対する答えは、右記のエッセイの末尾に示してある。

エッセイを、「推理小説」のようにして読み進めていく

さて、ここまで、我々の中の「賢明なもう一人の自分」の叡智を引き出す方法について、「五つの技法」を述べてきた。

これら「五つの技法」の第一の技法においては、「まず、一度、自分の考えを文章にして表してみる」という方法を述べた。なぜなら、考えを文章に表すことは、「もう一人の自分」への呼びかけであり、そのことによって、自然に「賢明なもう一人の自分」が現れてくるからである。

しかし、「賢明なもう一人の自分」が現れてくるのは、「文章に表す」ときだけではない。逆に、「文章を読む」ときにも、「もう一人の自分」が現れてくる。

従って、「文章を読む」こともまた、「深く考える力」を鍛えていく一つの優れた方法であるが、しかし、ただ多くの文章を読めば、「深く考える

力」が磨かれるわけではない。
では、その力を磨くためには、どのように文章を読めばよいのか。
ここでは、そのための技法として、二つの技法を紹介しておこう。

第一の技法は、思索的なエッセイ、随筆、随想などを、数多く読むことである。

ただし、単にそれを読むのではなく、思索的なエッセイや随筆、随想を、「推理小説」のようにして読むことである。

言葉を換えれば、一つのエッセイを読むとき、そのエッセイの中で展開される筆者の「思考の流れ」や「思索の深まり」を推測しながら読むことである。

例えば、あるエッセイの中で、一つのエピソードが紹介されたとき、「このエピソードから、次に、筆者は、何を語るだろうか」と推測することである。また、ある随想の中で、一つの考えが述べられたとき、「筆者は、次に、この考えを、どう深めていくのか」を推測することである。

こうした形で、思索的なエッセイ、随筆、随想を「推理小説」のように読んでいくだけで、自然に「深く考える力」が磨かれていく。

では、なぜ、読むべきは、エッセイや随筆、随想なのか。なぜ、論文や論説などではないのか。

それは、論文や論説は、文字通り「論理的」に語られているため、「その先の論理展開」が推測しやすいからである。そのため、「論理的思考力」は鍛えられるが、直観力や洞察力に基づく「深く考える力」は、あまり磨かれない。

これに対して、エッセイや随筆、随想は、文字通り、自由に視点を変え、発想を広げ、思考を深めていくことができる文章のジャンルであるため、論文や論説に比べ、視点の転換や発想の展開、思考の深化に「意外性」があるからである。従って、こうしたジャンルの文章の方が、その先の推理が難しく、また、驚きと発見があり、「深く考える力」を磨くには好適な文章である。

そこで、本書の第二部「深き思索、静かな気づき」においては、筆者のエッセイを、二二編、載せてある。拙文ながら、これらのエッセイを「推理小説」のように読みながら、「深く考える力」を磨いて頂ければ幸いである。

「自分だけの格言集」を編むつもりで、本を読む

では、第二の技法は、何か。

それは、本を読むとき、「自分だけの格言集」を編集するつもりで読むことである。

もとより、それは、実際に「格言集」を編集するわけではないが、本を読むとき、「何かの閃きを感じる言葉」「深く共感を覚える言葉」「思わず考え込む言葉」を探しながら読むことである。そして、そのとき、「なぜ、自分は、この言葉に閃きを感じるのか」「なぜ、この言葉に共感を覚えるのか」「なぜ、この言葉に考え込んでしまうのか」を考えてみることである。

そのとき、必ず、「賢明なもう一人の自分」が現れてくる。そして、何かを語り出す。

なぜなら、本来、読書とは、「著者との対話」である以上に、「自己との対話」だからである。

そして、この「自己との対話」を深めていくためのもう一つの技法として、「著者に代わっての加筆・修正」がある。

それは、こうした「閃きを感じる言葉」「共感を覚える言葉」「考え込む言葉」を、紙やパソコンに書き出してみることである。そして、その言葉を眺めながら、「自分ならば、この言葉を、どう書き直すか」「自分ならば、この言葉の後に、どういう言葉を付け加えるか」を考えてみることである。

例えば、伝教大師・最澄の言葉に、

「一隅を照らす、これ即ち、国の宝なり」という言葉がある。

これは、「自分のささやかな仕事が、そして、人生が、世の中のためになっているのだろうか」と悩む人間にとって、深い励ましを与えてくれる素晴らしい言葉であるが、この言葉を読むとき、筆者は、この言葉の後に、次の言葉を付け加えたくなる。

「一隅を照らす、これ即ち、国の宝なり。

そして、ときに、その一隅を照らす光が、世界を照らす光となる」

情報革命が進み、この地球の片隅で起こった出来事が、瞬時に、世界中の人々に伝わる時代。それは、言葉を換えれば、この地球の片隅で志と使命感を持って生きている人間の素晴らしい姿が、ときに、世界中の人々の深い共感を生み出す時代でもある。それが、筆者が、最澄の言葉の後に、先ほどの言葉を付け加えたくなる理由でもある。

また、例えば、昔から語られる格言に、

「一人の人物の生きたことの意味は、
その人物の棺《ひつぎ》を閉じたときに定まる」

という言葉がある。

しかし、筆者は、この言葉を見つめるたびに、次の言葉に書き直したくなる。

「一人の人物の生きたことの意味は、
その人物が、深い愛情を持って育てた人物の棺を閉じたときに定まる」

それは、言うまでもなく、筆者の両親に対する思いからである。

筆者の両親が生きたことの意味は、両親が深い愛情を持って育てた一人の未熟な人物が、成長の道を歩みながら、その生涯を通じてどのような生き方をしたかによって、定まる。

昔から語られる、この格言を読むたびに、筆者の思いは、その覚悟へと深まっていく。

このように、読書を通じて、「何かの閃きを感じる言葉」「深く共感を覚える言葉」「思わず考え込む言葉」に巡り会ったとき、加筆・修正も含め、「自分だけの格言集」を編むような思いで、それを読むならば、我々の「深く考える力」は自然に磨かれていく。

そこで、第三部「言葉との邂逅《かいこう》」においては、筆者がその読書歴において巡り会った様々な言葉を取り上げ、書評エッセイの形で思索を述べたものを、一六編、載せてある。これも拙文ながら、読書で巡り会った一つの言葉から思索を深めていく技法を学ぶ機会として頂ければ幸いである。

第二部

深き思索、静かな気づき

文章を書くこと、読むことは、思索の階段を降りていくこと

人生のすべての記憶

大学時代のこと。登山部に所属する友人が岩登りをしていたとき、危険な岩場で、滑落事故に遭った。

仲間の見ている前で、彼は、足を滑らせ、岩の斜面を、谷底に向かって滑り始めた。

その瞬間、誰もが、命を失う事故になると、固唾《かたず》を呑《の》んだ。

しかし、次の一瞬、彼は、岩場に生えていた小さな灌木《かんぼく》に引っかかり、九死に一生を得て、命拾いをした。

その友人が、この滑落の瞬間を回想し、こう話してくれた。

「あれは、本当だった。
もう命が無い！　と思った瞬間、
人生の様々な場面が、一瞬にして甦《よみがえ》り、
頭の中を、走馬燈のように駆け巡っていった」

たしかに、昔から、人々の言い伝えで、「人生の最期の瞬間に、その人生のすべての場面が、走馬燈のように駆け巡っていく」と語られてきた。また、同様の心理現象が、英米では、「フラッシュ・バック」という言葉で語られてきた。

しかし、この友人が証言したように、もしそれが真実であるならば、自然に、一つの問いが、心に浮かぶ。

「我々の心の奥深くには、
人生のすべての場面が
記憶されているのか。
さらには、
人生で触れたすべての情報が
記録されているのか」

おそらく、この問いに対する答えは、「然《しか》り」であろう。
なぜなら、世の中には、ときおり、「フォトグラフィック・メモリー」
と呼ばれる能力を持った人間が現れるからである。
すなわち、人生で目撃した場面を、あたかも写真を撮ったかのごとく、詳細に、そして、正確に記憶している人物がいる。

されば、我々の心の奥深くに、人生で見たすべての場面が記憶され、人生で触れたすべての情報が記録されていたとしても、少しも不思議ではない。

しかし、ここで、さらに深い問いが心に浮かぶ。

「では、なぜ、我々は、
その能力を、日常的に発揮できないのか」

「では、なぜ、我々は、
忘却という形で、記憶を取り出せなくなるのか」

もし、この問いに対する答えを得ることができたならば、そのとき、我々は、人間の心の奥深くに眠る素晴らしい能力を解き放ち、想像もできない可能性を開花させることになる。

かつて、弘法大師・空海は、厳しい密教の修行を経て、驚異的な記憶力を発揮したと言われる。

また、音楽家モーツァルトは、一四歳のとき、九声合唱曲を一度聴いただけで記憶し、楽譜に書き写したと言われる。

これら「天才」と呼ばれる先人の姿。

それは、決して、何か、特殊、特別、特異な人間の姿ではない。

それは、決して、我々と、遥かかけ離れた人間の姿ではない。

これら先人の姿が教えているのは、我々人間の誰もが、その心の奥深くに、想像を超えた力を宿しているという事実。

では、その力が解き放たれたとき、何が起こるのか。

おそらく、そのとき、人類の「前史」の時代が終わる。

直観力を身につける二つの道

直観力とは、いかにして身につくものか。

この問いに対して、多くの人々は、直観力とは、「論理」とは対極にある「感覚」の力を磨くことによって身につくものであると考えている。

しかし、それは真実であろうか。

そのことを考えさせるのが、将棋の世界で五つの永世称号を得た大山康晴棋士のエピソードである。

冬のある日、将棋会館での用事を終え、大山名人が帰ろうとしたとき、部屋の出口の近くで、若手棋士たちが「詰め将棋」をやっていた。

その詰め将棋は、極めて難しいものであり、天才的な資質を持って修練に励んでいる若手棋士たちが集まっても、なかなか解けないものであった。

このとき、大山名人はコートを着ながら、その横を通り過ぎ、出口のところで振り返って、「諸君、お先に」と挨拶《あいさつ》をした。

そして、そのとき、一言つけ加えた。

「ああ、その手は、何手目で、何で詰むよ」

驚いた若手棋士たちが、その後、詰め将棋を解いたところ、はたして大山名人の言葉通りになった。

そこで、感銘を受けた若手棋士の一人が、後日、大山名人に聞いた。

「大山先生。先生は、あの何百通りの手を、あの出口まで歩む数秒間に、すべて読まれたのですか」

この質問に対して、大山名人は答えた。

「いや、手を読んだのではないよ。大局観だよ」

これは、大山名人の持つ、大局を瞬時に把握し、答えを直観的に摑《つか》む優れた能力を示すエピソードであるが、では、大山名人は、いかにして、この直観力を身につけたのであろうか。

それは、言うまでもなく、生まれ持って身についていた能力でもなければ、ある日突然、天から降ったように身についた能力でもない。

これほどの直観力を持つ大山名人もまた、かつて、この若手棋士たちと同様、難しい詰め将棋を前に、そして、実戦の盤面を前に、手を読んで、読んで、読み抜くという極限的な修練を積んできたのであり、その修練を通じて、この直観力を身につけたのである。

すなわち、大山名人は、無数の盤面を前に、考えて、考えて、考え抜くという「論理に徹する修業」を積み重ねた結果、ある段階で、その意識が「論理の世界」を超え、「論理を超えた世界」、まさに「直観の世界」へと入っていったのである。

この機微を、哲学者のヴィトゲンシュタインが『論理哲学論考』という著作の中で、次の言葉によって語っている。

我々は、
言葉にて語り得ることを語り尽くしたとき、
言葉にて語り得ぬことを知ることがあるだろう。

これを読み替えるならば、次の言葉となる。

我々は、
論理にて究め得ることを究め尽くしたとき、
論理にて究め得ぬことを知ることがあるだろう。

このヴィトゲンシュタインの言葉が教えるように、直観力を身につけるためには、実は、論理思考に徹することが一つの道なのである。

では、論理思考に徹したとき、我々の意識に何が起こるのか。

そのことを教えてくれるのが、やはり将棋の世界の羽生善治永世七冠のエピソードである。

羽生棋士は、初めて七冠を制した後のテレビでの対談において、若手哲学者に「対局中、どういう心境なのですか」と訊かれ、こう答えている。

「ええ、将棋を指していると、ときおり、心が、ふっと『魔境』に入りそうになるんです」

この「魔境」とは、心理学用語で言われる「変性意識状態」(Altered States of Consciousness)のことであり、直観力や洞察力、大局観など、人間の高度な能力が発揮される意識状態のことである。

そして、この「変性意識状態」に入るための一つの道が、ここで述べた「考えて、考えて、考え抜く」という論理思考に徹する技法であるが、もう一つの道が、論理思考の対極にある、座禅や瞑想という古来伝えられてきた技法である。

されば、この二つの技法を同時に究めていくとき、何が起こるか。

そのとき、我々の能力に、想像もしていなかった変化が起こる。

直観を閃かせる究極の技法

我々は、日々の仕事と生活の中で、極めて難しい問題に直面し、最後は「直観」で決めなければならない状況に置かれるときがある。では、そのとき、「直観」を閃かせる技法というものがあるのだろうか。

その技法について考えさせる、興味深いエピソードがある。実際にあった話である。

ある企業で、課長のA氏が、重要な商品開発プロジェクトの意思決定に直面した。

市場の調査と分析も徹底的に行い、会議でも衆知を集めて議論を尽くしたのだが、それでも、この商品開発に踏み切るべきか否か、メンバーの意見が定まらない。

そして誰よりも、その意思決定の責任者であるA課長自身が、決断できないのである。

典型的なハイリスク・ハイリターンのプロジェクトであり、不確実性が大きく、極めて難しい意思決定であった。

会議のメンバーからは、「Aさん、決めて下さい」との声が無言で伝わってくる。メンバーはA課長の力を信頼している。最後はA課長の直観力に委ねようとの雰囲気である。

そうした雰囲気のなかで、A課長は、目を閉じ、しばし黙して考え込んでいたが、ふと目を開けて言った。

「よし、サイコロを振って、決めよう」

啞然《あぜん》とするメンバーの前で、偶数ならプロジェクトの実施決定、奇数ならプロジェクトの実施見送りと宣言し、A課長は、意を決し、静かにサイコロを振った。

全員が固唾を呑んで注視するなか、果たしてサイコロは「偶数」と出た。プロジェクトの「実施決定」である。

その瞬間に、A課長が言った。

「やはり、このプロジェクトの実施は見送ろう」

さらに啞然とするメンバーを前に、彼は、言葉を続けた。

「いま、サイコロが『実施決定』を示した瞬間に、心の深くから『いや、違う』との声が聞こえた。
自分の直観は、やはりプロジェクトの実施見送りを教えている。
自分は、その直観を信じるよ」

彼は、自身の「直観」を閃かせるために、敢えてサイコロを振ったのである。議論が行き詰まった状況において、敢えて、結論をサイコロに託し、退路を断ち、自らを追い詰めたのである。

そして、不思議なことに、「直観」というものは、退路が断たれ、追い詰められた状況において、閃くことが多い。

実は、一流のプロフェッショナルは、無意識に、こうした形での「直観力のマネジメント」を身につけている。

例えば、短編小説家や随筆家などで、締め切りが迫ってこないと筆が進まないという人物がいる。

これは、決して怠惰なのではなく、「もう後が無い」と追い詰められたとき、アイデアが直観的に閃くということを、経験的に知っているからである。

その意味で、一流のプロフェッショナルは、分野を問わず、「直観」を閃かせるために、自らの退路を断ち、自らを追い詰める技法を身につけている。

例えば、永年にわたりテレビで生放送の時事番組を担当した著名なキャスターは、「生放送の番組の方が、録画の番組よりも、ゲストから良いコメントを引き出せる」と語っている。これも「撮り直しができない」という緊張感の中で、優れた直観が閃き、良いコメントが生まれることを述べている。

では、「直観」を閃かせるためには、ただ、退路を断ち、自らを追い詰めればよいのか。

かつて、プロ野球のイチロー選手が、世界一を懸けた大試合を前に、
「プレッシャーは無いか」との質問に対し、こう答えている。

「それは、胃が痛くなるほどの大変なプレッシャーですよ。
しかし、そのプレッシャーを楽しんでいる、
もう一人の自分もいるのですね」

追い詰められた自分を楽しむ「もう一人の自分」。
それが生まれてきたとき、この「直観力のマネジメント」は、佳境に入っていく。

「静寂心」の本当の意味

一九九四年に行われた将棋の竜王戦、第六局、羽生善治棋士と佐藤康光棋士の対戦でのこと。

開始の合図があったにもかかわらず、先手である羽生棋士が、なかなか初手を指さない。

眼を閉じ、考え込んでいる風情のまま、時間が過ぎていく。

そして、観戦の人々がざわめき始めたとき、ようやく羽生棋士は、眼を開け、初手を指した。

テレビでも放映された、この印象的な場面を、明確に記憶している人もいるだろう。

このときのことを、後日、詩人の吉増剛造氏が、羽生氏との対談で話題にした。

吉増氏から、「あのとき、迷いが出たのですか」と問われ、羽生棋士は、こう答えた。

「いえ、そうではありません。静寂がやってくるのを待っていたのです」

本来ならば、対局の前には、羽生棋士の胸の内で、指し手は定まっていたはず。

それにもかかわらず、この重要な対局においては、その開始に際して、敢えて、心に「静寂」がやってくるのを待ち、初手を指した。

このエピソードを聞いて、人生の正念場を体験した読者ならば、この場面で、羽生棋士が「静寂」を待った意味が、理解できるだろう。

そして、過去の仕事や人生における重要な決断の場面を思い起こし、そのときの失敗を思い出す読者もいるだろう。

仕事や人生の正念場において、重要な決断や意思決定が求められる場面。単なる情報分析や論理思考では、答えの見えない状況。自分の直観にすべてを委ねるしかない瞬間。

そうしたとき、心の中に、焦りや苛立ち、不安や恐れ、怒りや憤りなどがあったため、心が騒ぎ、直観が働かず、判断を誤ってしまった。そうした失敗の場面を思い出す読者もいるだろう。

将棋の大勝負だけでなく、仕事や人生の正念場においても、重要な決断や意思決定の瞬間には、我々に、深い「直観力」が求められる。

しかし、その深い「直観力」が働くためには、何よりも、深い「静寂心」が求められる。

この羽生棋士のエピソードは、我々に、そのことの大切さを教えている。

では、いかにすれば、その「静寂心」を身につけることができるのか。

世の中には、一つの誤解がある。

「心の中の焦りや苛立ち、不安や恐れ、怒りや憤りを静めるためには、深呼吸をするなどして、心を落ち着ける、心を静める」

世の中では、しばしば、そうした素朴な技法が語られる。
しかし、我々の心というものは、恐ろしいほどに「天邪鬼《あまのじゃく》」。
焦りや苛立ち、不安や恐れ、怒りや憤りというものは、それを静めようとすればするほど、逆に、増大していく。

では、どうすればよいのか。

その「天邪鬼」の心に、どう処すればよいのか。


我々が為し得ることは、ただ一つ。

静かに見つめる。


自分の心の中の焦りや苛立ち、不安や恐れ、怒りや憤りの感情を、決して、抑えようとせず、静めようとせず、ただ、静かに見つめる。

心の中に「焦り」があるとき、「焦るな」と念じるのではなく、「ああ、自分の心の中には、いま、焦りがある」と、静かに見つめる。

それをするならば、自ずと、心の中に「静寂」がやってくる。

そして、その「静寂」の中で聞こえてくる声が、自分の心の奥深くの

「直観」の声。

我々が身につけるべき「静寂心」とは、畢竟《ひっきょう》、その「心を静かに見つめる力」に他ならない。

「正念場」で掴むべき叡智

一九七九年のプロ野球日本シリーズは、セ・リーグの広島とパ・リーグの近鉄との対決であったが、伝説的な「江夏の二一球」のエピソードで知られる壮絶な戦いとなった。

それは、三勝三敗で迎えた第七戦。勝利したチームが日本一の栄冠に輝く試合、一点差を追う近鉄が、九回裏ノーアウト満塁と広島のリリーフエース江夏豊投手を攻め立て、一打逆転サヨナラ優勝という場面。近鉄が圧倒的に有利な状況であった。

近鉄はヒッティングか、スクイズか、全国の野球ファンがテレビの前で固唾を呑んで見守っていた瞬間、近鉄を率いる西本幸雄監督の決断が、すべてを決するという場面であった。

このとき、西本監督は、傍にいたコーチに、こう呟《つぶや》いた。

「おい、この正念場、しっかり目を開いて、よう見ておけ！」

しかし、この直後、西本監督がヒッティングを命じた佐々木選手は、惜しいファウルの後、三振に討ち取られた。そして、次の選手に命じたスクイズは、ピッチャー江夏の天才的な直観によって見抜かれ、失敗に終わった。

近鉄は、西本監督の渾身《こんしん》の決断にもかかわらず、十中八九手にしていた日本一を失ったのである。

これが球史に残る「江夏の二一球」のエピソードであるが、この試合終了の瞬間、西本監督は、黙して傍にいたコーチに呟いた。

「わしは、この悔しさ、棺桶に入っても忘れんぞ！」

たしかに、西本監督の全身全霊を込めた決断にもかかわらず、スクイズは失敗に終わった。そして、どれほど言葉を重ねても、敗北は、敗北である。

しかし、試合に敗れはしたが、この世紀の大勝負の体験を通じて、近鉄のコーチと選手たちは、極めて大きな学びの機会を得た。

なぜなら、「敗北した軍隊は、良く学ぶ」という言葉通り、それまで弱小球団であった近鉄が、この後、パ・リーグで何年にもわたり優勝を争うチームになっていったからである。

そして、決定的な場面で空振りの三振に終わった佐々木選手をはじめ、多くの選手が、この痛恨の敗北から大切なことを学び、その後、名選手として活躍していった。

しかし、名監督の誉れ高い西本監督が、勝負師としてのすべてを懸けて下した決断。その決断を、すぐ傍で見ていたコーチは、他の誰よりも大きな学びを得たであろう。このコーチは、西本監督の正念場での姿から、一人のリーダーとして、言葉を超えた何か、かけがえのない何かを摑んだであろう。

そして、そのことを期待したがゆえに、西本監督は、そのコーチに、「おい、この正念場、しっかり目を開いて、よう見ておけ！」と呟いたのであろう。

それは、師が弟子に対して、最も大切な何かを、魂を込めて伝えようとした瞬間でもあった。

このときのコーチが、その後、近鉄監督としてパ・リーグを制し、オリックス監督として日本シリーズを制した仰木彬氏だったとも言われるが、その真偽を筆者は知らない。

しかし、いずれにしても、このエピソードから学ぶべきは、「正念場の体験は、組織のリーダーとメンバーにとって、最高の学びの機会となる」という真実である。

されば、リーダーの立場にある人間は、自らに問うべきであろう。

「自分の率いる組織は、これまで、いかなる正念場を体験してきたか。そして、メンバーは、そこで何を摑んだか」

「強い組織」や「学ぶ組織」ということが、アカデミックな理論や知識で語られる時代だからこそ、我々は、こうした極限の体験と、そこでこそ摑める叡智の大切さを、決して忘れてはならない。

では、いかにすれば、リーダーは、自ら率いる組織に、そうした正念場を体験させ、メンバーに深い学びをさせることができるのか。

そのことを考えるとき、リーダーが理解しておくべきことがある。
実は、ただ正念場を体験させれば、メンバーが学ぶわけではない。
なぜ、そのリーダーが、「強い組織」や「学ぶ組織」を作ろうと思うのか。それが、「業績を上げるため」や「競争に勝利するため」という思いであるかぎり、メンバーが深く学ぶことはない。

縁あって巡り会ったメンバーの成長を祈る思い。

そのリーダーの思いの深さが、深い学びの場を生み出す。

あの一瞬、西本監督が傍らのコーチに呟いた言葉。
その奥には、深い愛情があった。

「完璧主義者」の真の才能

ＤＶＤやブルーレイという映像メディアが主流になったことによって、誰もが手軽に高精細度の映像とリアルな音響を楽しめるようになった。

そして、これに加えて、誰もが楽しめるようになったのが、「音声解説」である。

それは、その映画を作った監督や製作者が、映画の全編のシーンを流しながら、それぞれのシーンの意図や俳優の演技、製作の裏話などを自由に語る音声を収録したものである。

この監督や製作者の音声解説は、映画関係者や映画ファンにとって興味深いだけでなく、映像や音楽、美術や装飾、文章や言葉など、分野を問わず、創造的な作品づくりに取り組むプロフェッショナルにとっては、極めて学びの多いものである。

例えば、SF映画の名作『ソラリス』の音声解説には、監督のスティーブン・ソダーバーグと製作者のジェームズ・キャメロンが、全シーンを流しながら自由に語り合っている会話が収録されているが、興味深いことに、その中に、ソダーバーグの「完璧主義者」としての姿を象徴する会話がある。

それは、二人の登場人物の対話のシーンであるが、その人物の顔を照らす何気ない光の動きについて、ソダーバーグが、嘆きを抑えるように呟いている。

「光の動きが速い。見るたびに後悔する。

他のシーンと比べてテンポが合っていないから、頭に来る」

ソダーバーグのこうした細部にこだわる姿勢は、たしかに、彼が「完璧主義者」と呼ばれる理由でもあるが、このような姿勢を示すのは、決して彼だけではない。

この音声解説では、ソダーバーグ監督の嘆きに同情しながらも、その気持ちをなだめる立場の製作者キャメロン。しかし、彼自身、徹底的に細部にこだわる「完璧主義者」である。

彼が監督として製作した映画『タイタニック』は、一九九七年度のアカデミー賞一一部門を獲得した名作であるが、その製作において、彼は、俳優への細やかな演技指導から、舞台セットの配置、小道具の製作に至るまで、時間と労力を惜しむことなく自分自身で指示を出し、納得のいく作品を創ろうとした。

実は、分野を問わず、一流のプロフェッショナルには、仕事や作品の細部を決して疎《おろそ》かにせず、完璧を期する人物が多い。

では、なぜ、彼らは、仕事や作品の細部にこだわるのか。
それは、昔から、一つの言葉が語られてきたからであろう。

「神は、細部に宿る」

たしかに、この言葉通り、作品の生命力は、つい見落としてしまうような細部にこそ宿っている。
しかし、我々は、こうした「完璧主義者」と評されるプロフェッショナルを見ると、しばしば、その才能の本質を誤解してしまう。

作品の細部に
徹底的にこだわることのできる
集中力。

それが彼らの才能であると思ってしまう。

しかし、実は、そうではない。

もし、「完璧主義者」と評されるプロフェッショナルが、本当に、すべての細部にこだわって仕事をしているならば、その人物は、必ず、健康を害してしまうか、精神に異常を生じてしまうだろう。

その当然のことを理解するとき、我々は、「完璧主義者」と評されるプロフェッショナルが、もう一つの優れた才能を持っていることに気がつく。

こだわるべき細部と
こだわらなくともよい細部を
見分ける力

それこそが、彼らの隠れた才能なのであろう。

しかし、もとより、それは、何かの分析力や論理思考などの力ではない。それは、直観力や皮膚感覚と呼ばれる力。

では、その直観力や皮膚感覚は、どこから生まれてくるのか。

それはやはり、創作者に、究極、問われるもの。

作品への深い愛着であろう。

プロの技術を掴めない理由

プロ野球の大打者であった落合博満氏が、テレビで解説者をしていたときのこと。

その日のピッチャーは、切れ味の良いフォークボールが決まり、三振の山を築いていた。

それを見たアナウンサーが、訊《き》いた。

「落合さんなら、あの鋭いフォーク、どう打ちますか」

その質問に対して、落合氏は、飄々《ひょうひょう》とした風情で答えた。

「ああ、あのフォークは、打てますよ。
あの球は、鋭く落ちるから、
落ちてから打ったのでは、打てない。
だから、落ちる前に打てば、良いんですよ」

この話を聞いた瞬間、思わず、「なるほど」と納得した。
しかし、すぐに、この話の怖さに気がついた。

打撃の奥義《おうぎ》を語った、落合氏の見事な解説に、思わず、自分でも、そのフォークが打てるように感じてしまった。その錯覚に気がついたからだ。
そして、それが、決して野球の世界にとどまらず、いかなる分野であ

れ、プロフェッショナルの世界において、我々がいつも陥る落し穴である
ことに気がついたからである。

永年の体験と厳しい修練を通じてしか
摑むことのできない深い「智恵」を、
単なる「知識」として学んだだけで、
その「智恵」を身につけたと思い込んでしまう。

いま、書店に行けば、様々な分野のプロフェッショナルが、そのスキル
やテクニックについて語った本が溢れている。
それにもかかわらず、そのプロフェッショナルのスキルやテクニックを
実際に身につける人は少ない。
それは、スキルやテクニックというものを、本を通じて知識として学ん

だだけで、その智恵を摑んだと思い込む錯覚が、一つの大きな理由であろう。

そして、我々がプロフェッショナルのスキルやテクニックを摑めない、もう一つの理由を、やはりプロ野球の世界のエピソードが教えてくれる。

かつて「安打製造機」の異名をとった打撃の名手、張本勲選手のところに、若手選手が相談に来た。

「張本さん、
理想のバッティング・フォームについて、
教えて頂きたいのですが」

この質問に対して、張本選手は、こう答えた。

「理想のバッティング・フォームか。
もし、君がそれを知りたいのならば、
一晩中、素振りをしなさい。
一晩中、素振りをし続けて、
疲れ果てたときに出てくるフォーム、
それが、君にとって一番無理のない
理想のフォームだよ」

このエピソードも、大切なことを教えてくれる。

我々は、いつも、成功するための普遍的な方法があると思い、その理想的な方法を、手軽に身につけたいと考えてしまうのである。

いま、書店に溢れる『プロのテクニック』や『達人の技』などの本。
それらは、たしかに、実績も実力もあるプロフェッショナルが書いたものであるが、それらを読む前に、自らの心に問うてみるべきであろう。

「自分は、この本を読めば、
厳しい修練を積まずに高度なテクニックが摑めるという幻想や、
楽をしてプロの技を身につけることができるという安易な考えを、
心の深くに抱いているのではないか」

そのことを問うとき、昔から語られる一つの言葉が、胸に迫ってくる。

敵は、我にあり。

言葉に「言霊」が宿る条件

歳を重ね、多くの人々の前で講演をする機会が与えられるようになったが、壇上に立つとき、ふと、二一年前のサッチャー元英国首相の講演を想い出す。

一九九七年、中国への香港返還行事の後、来日したサッチャー女史の講演を聴いた。

しかし、その講演で印象深かったのは、講演の内容以上に、講演の後の聴衆との質疑応答であった。

質疑の冒頭、ある経営者が、次の質問をした。

「サッチャーさんは、
英国の改革を成し遂げられた指導者ですが、
この日本という国も、長く低迷を続けています。
もし、サッチャーさんが日本の首相だったら、
どのような手を打ちますか」

この質問に対して、壇上のサッチャー女史は、静かに、しかし毅然《きぜん》と、
こう答えた。

「もし、私が、この国の指導者であったならば、
この国を改革する方法は、ある。
しかし、一つだけ申し上げておきたい。
政治に、マジックは無い！」

その瞬間、彼女の最後の言葉が、胸に突き刺さってきた。「政治に、マジックは無い！」。静かな語り口ながら、明確に言い切ったその言葉が、鋭く突き刺さってきた。

その通り！　政治や経営に、マジックは無い。

政治家として、経営者として、あらゆる逆風に抗し、やるべきことを、やる。信念を持って、やる。

それだけであろう。

それにもかかわらず、この質問をした経営者の雰囲気から伝わってきたのは、「サッチャーさん、何か、上手い方法はないでしょうか」「何か、改革の秘訣のようなものはないでしょうか」という、手軽な解決策を求める、安易な精神。我々の心の中に常に忍び込む、精神の甘さと弱さ。

その心を見透かしたように、サッチャー女史は、「政治に、マジックは無い！」と言い切った。

短いが、見事というべき回答。

しかし、当の経営者を見ると、その釘を刺すような回答に対して、戸惑っている表情。残念ながら、自分の精神の安易さを指摘されたと気がついていない。その表情からは、「サッチャーさん、答えは、それだけですか……」という戸惑いが伝わってくる。

プロフェッショナルの世界には、「下段者、上段者の力が分からない」という名言があるが、まさに、それを象徴する場面。

この経営者、遥か上段者のサッチャーが、何を指摘しているのかが、分からない。

その瞬間、この経営者の表情から心の動きを読み取ったサッチャーは、どう処したか。

ただ一言、朗々とした声で、付け加えた。

「ネクスト・クエスチョン！」

その経営者から目を離し、会場を見渡しながら、そう言った。

何が起こったのか。

サッチャー女史は、ただ一言の余韻で、無言のメッセージを伝え、聴衆を切って捨てた。

「つまらない質問は、ここまで！　他に、まともな質問は！」

筆者には、そう聞こえた。

さすが、サッチャー女史、「鉄の女」と評される人物。言葉の余韻で、人を切る。言葉の余韻で、深いメッセージを伝える。


筆者は、ダボス会議や先進国首脳会議において、世界各国の大統領や首相のスピーチを間近に見てきたが、これらの政治家と比較しても、サッチャー女史の言葉には、比類なき力が宿っていた。

では、何が、彼女の言葉に、その力を与えているのか。なぜ、彼女は、言葉の余韻で、深いメッセージを伝えることができるのか。
その理由は、話術やレトリックではない。
その理由は、究極、ただ一つであろう。

自分が語ることを、自分自身が、
誰よりも、深く信じていること。

単なる「思い込み」ではなく、揺るがぬ「信念」と呼ぶべきもの。
その「信念の深さ」が、言葉に力を与える。
そして、ときに、「言霊《ことだま》」を宿らせる。
そのことに気がついたとき、我々は、
話者として、ある高みに向かって登り始めている。

究極のコミュニケーション技法

新入社員の頃、直観力に優れた上司に仕えたが、その上司の判断に、深く学ぶ機会があった。

それは、ある技術調査会社が、当社から調査の仕事を得ようと売り込みに来たときのこと。来訪したのは、先方の部長と若手社員。当方は、上司と私が応対し、四人で会議室に入った。

私は、先方の技術調査能力を評価するための質問を準備し、傍らに侍していたが、なぜか、上司は先方の部長との雑談で盛り上がり、瞬く間に予定していた一時間が過ぎてしまった。すると、その上司、最後に一言、「では、この仕事、よろしく！」と、発注を決めてしまった。

エレベータホールで二人を見送った後、その上司は、私の心を見透かしたように、こう言った。

「あの会社に発注したら良い！　見たか、あの若い担当者。あいつ、良い面構《つらがま》えをしていたな。きっと良い仕事をするぞ！」

思わず、先ほどの会議を振り返ると、その若手社員、挨拶以外は、最初から最後まで一言も発しなかったが、目つきも鋭く、何か存在感があった。そして、実際、この担当者は、その仕事の納期が来ると、我々の期待に違《たが》わない優れた調査結果を出してきた。

この体験から、私は、大切なことを学んだ。

人間同士、言葉を交わさなくとも、
面構えだけで、大切なメッセージが伝わる。

そのことを学んだ。

そして、同時に、自分の面構えが、どのようなメッセージを相手に伝えているかを考え、心掛けるようになった。

かねてコミュニケーション研究においては、言葉で伝わる「言語的メッセージ」よりも、眼差しや表情、仕草や姿勢、雰囲気や空気を通じて伝わる「非言語的メッセージ」の方が、何倍も大きな比重を占めることが明らかにされている。しかし、残念ながら、最近のビジネスパーソンの多くは、「言葉をいかに使うか」「資料をどう工夫するか」という次元でのコミュニケーションしか考えない傾向がある。

だが、そうしたことは、コミュニケーションの技法という意味では、初歩的な段階にすぎない。

真のコミュニケーション技法は、その奥にある。

筆者は、この上司に仕えて九年間、営業プロフェッショナルとしての修業をしたが、顧客に対する話術を学び、資料作成の技術を磨くといった段階を超え、最後にたどり着いた修業は、スキルやテクニックを超えた「心の置き所」と呼ぶべき世界であった。

それは、例えば、顧客を訪問するとき、ビルの玄関を入る瞬間に、心の中で、その顧客の顔と名前を思い浮かべ、「○○さん、有り難うございます。これから貴重な時間をお預かりします」と念じることであった。それが、若き日の筆者の修業であった。

この話を聞いて、「そんなことが意味を持つのか」と思う読者がいるかもしれない。しかし、この習慣は、確実に、営業や商談の場を良きものにしてくれる。

なぜなら、営業や商談の場が良い雰囲気にならないとき、その原因の多くは、こちらの心の中にある「売りつけよう」「買わせよう」「自分の希望通りに相手を動かそう」という操作主義や密やかな傲慢さが相手に伝わってしまうからである。

どれほど巧みに言葉を操っても、こちらの心の中は、眼差しや表情、仕草や姿勢、雰囲気や空気を通じて、怖ろしいほど、相手に伝わってしまう。

実は、ビジネスにおいて、一流と二流のプロフェッショナルを分けるのは、そうした心の世界の深みを理解しているか否かに他ならない。

そして、このことは、社外での営業や商談だけではない、社内での会議や会合、さらには、私的な場での対話においても真実である。

昔から、我が国では、「仕事を通じて己を磨く」という言葉が語られてきた。それは、互いの利害が関わる仕事の世界では、自分の心の中の悪しき思いが、相手の無意識に伝わってしまうからであり、自分の心の中の善き思いもまた、相手の心の深くに伝わるからである。

しかし、そうした深い世界を見つめながら修業を続けていたとき、この上司が、ある商談の後、私に、こう語りかけた。

「あのお客様とは、良いご縁を頂いたな……」

この言葉を聞いたとき、言葉を超えて伝わる世界の奥に、さらに深い世界があることを知った。

「創造性」をめざす過ち

昔、ある喫茶店で、二人の学生が、熱心に議論をしていた。

二人は、美術大学で絵を専攻している学生のようであったが、耳に入ってくる二人の議論は、「いかにして創造性を身につけるか」というものであった。

一人は、創造性に優れた作品を、数多く鑑賞することの大切さを語っていた。

一人は、無垢《むく》の心で自然に触れ、感じる力を磨くことの大切さを語っていた。

二人は、画家をめざす者として、創造性を身につけたいとの情熱に溢れ、謙虚に、そして、真摯に語り合っていたのだが、その話を聞いていて、なぜか、一つの疑問が、心に浮かんだ。

はたして、ピカソは、「創造性」を身につけたいと思っていただろうか。

おそらく、ピカソの心の中には、「創造性」という言葉は無かった。そして、彼の作品の中に人々が感じる「創造性」は、彼にとっては、全身全霊での自己表現の、単なる「結果」にすぎなかった。それは、彼にとって、決して「目的」ではなかった。

それが真実であろう。

しかし、それにもかかわらず、我々は、いつも、過ちを犯してしまう。

「結果」にすぎないものを、

「目的」にしてしまう。


そして、それは、「現代の病」と呼ぶべきもの。


例えば、いま、世の中に溢れる「イノベーション」という言葉。

いまや、「日進月歩」を超え、「分進秒歩」で技術革新が進み、新たな商品やサービスが開発され、新事業が生まれてくる時代。

多くのメディアや評論家は、「イノベーションを起こせる人材になれ」「イノベーターをめざせ」と語っている。

しかし、こうした言葉の洪水の中で、心に浮かぶのは、先ほどの問い。

はたして、これまで
優れたイノベーションを起こしてきた人材は、
「イノベーションを起こす」ことを
「目的」にしてきただろうか。

そうではない。それも、やはり「結果」にすぎない。

例えば、「こんな商品があれば、世の中の多くの人が、喜ぶのではないか」という思い。

例えば、「こんなサービスがあれば、世の中で困っている人が、助かるのではないか」という思い。

そうした思いが、一人の技術者を、一人の起業家を、新商品の開発に駆り立て、新サービスの開発に没頭させる。

そして、そこに生まれてくるのは、ときに、「寝食忘れて」「寝ても覚めても」「一心不乱」「無我夢中」といった言葉で形容される情熱。

その情熱こそが、いま、シリコンバレーの起業家が持つものであり、かつて、日本企業の技術者が持っていたものであろう。

そうであるならば、我々は、「どうすれば、イノベーションを起こせる人材になれるか」「どうすればイノベーターになれるか」といったことを考えるよりも、「自分は、目の前の仕事に対して、どれほどの情熱を持っているか」をこそ、考えてみるべきであろう。

革新的な商品やサービスは、そして、ビジネスは、そうした情熱からこそ、生まれてくる。

では、その情熱は、どこから生まれてくるのか。

その問いへの答えは、すでに述べた。

「この商品で、世の中の多くの人を喜ばせたい」
「このサービスで、困っている人を助けたい」

そうした深い思いが、我々の心の中にあるならば、そこには、自ずと、仕事への情熱が生まれてくる。

その深い思い。

それを、昔から、日本においては、「志」や「使命感」と呼んできた。

プロが「奥義」を掴む瞬間

学生時代、スキーを習っていたときのこと。

急な斜面の滑り方を覚えるために、若手のコーチについて教わっていたが、なかなか滑れるようにならなかった。

その若手コーチは、緩やかな斜面で、スキーのエッジの利かせ方、膝の屈伸、体重の移動、前傾姿勢、ストックの使い方など、個別の技術について、一つひとつ懇切丁寧に教えてくれる。

しかし、それぞれの技術については、何度も練習し、身につけたはずなのだが、実際に急な斜面を滑ってみると、うまく滑れない。

そうして悪戦苦闘していると、それを見ていた年配のコーチが、一言、アドバイスをくれた。

「君は、斜面を怖がっている。
転ぶことを恐れずに、
斜面に飛び込んでみなさい」

この言葉を聞き、腹を括《くく》り、思い切って斜面に向かって飛び込んだ。
その瞬間、驚いたことに、それまで身につけてきた個別の技術が一つになり、全身が自然に動き、急斜面も滑れるようになった。

思い出深い瞬間であるが、この体験から、二つ、大切なことを学んだ。
一つは、プロフェッショナルが高度な能力を習得するとき、身につけた個別の技術が、「全体性」を獲得する瞬間があるということ。

もう一つは、その瞬間は、「技の使い方」ではなく、「心の置き所」を摑んだとき、訪れるということ。

実は、このことは、スポーツの世界だけでなく、仕事の世界でも、共通の真実である。

例えば、一流のプロフェッショナルが発揮する高度なプレゼンテーション能力。

それは、プレゼン資料の作り方、スライドの映し方、切り替えのタイミング、プレゼンの姿勢、身振り手振り、表情や眼差し、そして発声など、一つひとつの技術を習得しただけでは、決して身につけることはできない。

そうした個別の技術を磨いても、なかなか、顧客の共感を得られるプレゼンテーションができないとき、ふと、優れたプロフェッショナルからアドバイスを受ける。

「君は『売りつけてやろう』
という気持ちが強すぎる。
顧客は、その操作主義を感じ、
気持ちが離れていく」

「君の説明は、流暢《りゅうちょう》だが、
どこか『上から目線』になっている。
その無意識の傲慢《ごうまん》さを、顧客は感じ、
気持ちが冷めていく」

こうした指摘を受け、その指摘を謙虚に受け止めたとき、そのプロフェッショナルは、初めて、一流のプロフェッショナルへの道を歩み始める。

すなわち、もし、プロフェッショナルの高度な能力に「奥義」と呼ぶべきものがあるとすれば、それは、「技の使い方」ではなく、その技の奥にあるべき「心の置き所」に他ならない。

昔から、日本では、職人や芸人の道、剣や弓の道は、「技を磨く」「腕を磨く」という道から始まり、自然に「心を磨く」「人間を磨く」という道へと深まっていくが、その理由は、この一点にある。

では、なぜ、我々は、プロフェッショナルをめざすとき、しばしば、「技の使い方」に目を奪われ、「心の置き所」に目を向けることを忘れてしまうのか。

実は、忘れてしまうのではない。無意識に避けてしまうのである。

なぜなら、「心の置き所」に目を向けることは、自身の心の中の不安や恐怖、驕《おご》りや傲慢に目を向けることであり、それは、自身の心の中の「小さなエゴ」の姿を直視する、痛苦なプロセスだからである。

しかし、その痛苦なプロセスを超え、心の中に、「小さなエゴ」を見つめる「もう一人の自分」が生まれてきたとき、そのとき、我々は、「奥義」の一端を摑み始める。

「成功者」の不思議な偶然

人生において優れた仕事を成し遂げ、世の中から「成功者」と呼ばれる政治家や経営者、学者や芸術家について、興味深い調査結果が報告されている。

その調査とは、これら「人生の成功者」が書いた自叙伝や回想録を読み、その中で、最も良く使われている言葉、最も多く出てくる言葉を調べたものであるが、その結果は、全く意外なものであった。

当初、最も良く使われているであろうと予想された言葉は、「努力」や「信念」といった言葉であったが、この調査の結果、最も多く使われていた言葉は、そうした言葉ではなかった。

驚くべきことに、最も良く使われていた言葉は、

「たまたま」

「丁度そのとき」

「ふとしたことから」

そういった、「偶然の出来事」によって人生が導かれたことを語る言葉が、最も多く使われていたのである。

この調査結果を聞くと、多くの読者の心には、

「人生の成功者は、やはり、運が強い」

という思いが浮かぶのではないか。

しかし、この調査の結果を深く見つめるならば、その「運の強さ」と呼ばれるものの奥に、「成功者」が共通に持つ、もう一つの資質があることに気がつく。

「人生の出来事に、深い意味を感じ取る力」

すなわち、「たまたま」「丁度そのとき」「ふとしたことから」と形容すべき「偶然」と見える出来事の中に「大切な意味」を感じ取る力。さらに言えば、「自分を導く声」を感じ取る力。

それが、優れた仕事を成し遂げ、「人生の成功者」と呼ばれる人々が、共通に持つ資質であろう。

では、我々は、どうすれば、そうした力を身につけることができるのか。

そのことを考えるとき、一つの示唆を与えてくれるのが、分析心理学の創始者、カール・グスタフ・ユングが語った「シンクロニシティ」という現象であろう。

「共時性」や「不思議な偶然の一致」と訳されるこの現象は、例えば、「誰かのことを考えていると、丁度そのとき、その人物から電話がかかってきた」「ある問題について悩んでいると、たまたま喫茶店で隣に座っていた客同士が、その問題に関する話をしていた」「進路について迷っていたら、ふとしたことで手にした本に、その進路に関する示唆的なメッセージが書かれてあった」など、誰もが経験したことのある現象であろう。

しかし、この「シンクロニシティ」と呼ばれる現象は、多かれ少なかれ誰もが経験しながらも、科学的には、そうした現象が起こる原因は解明されておらず、多くの場合、その現象の存在そのものも、「単なる偶然」や「単なる思い過ごし」と解釈されている。

もとより、こうした現象を過度に評価し、安易な「神秘主義」に陥ることは避けるべきであるが、多くの「成功者」が、この「シンクロニシティ」という言葉を使うか否かに関わらず、人生における「不思議な偶然」を感じ取り、それを「何かを教えてくれているような気がした」や「天の声ではないかと感じた」という形で、その後の行動や進路の選択に生かしていったことは確かであろう。

されば、我々が学ぶべきは、「シンクロニシティという現象が存在するのか否か」という答えの無い議論ではなく、「成功者」と呼ばれる人々の多くが身につけている「人生において与えられた出会いや出来事の意味を、一度、深く考えてみる」という姿勢であろう。

そして、ひとたび我々が、その姿勢を身につけるならば、人生における、ささやかな出会いや出来事の中にも、不思議なほど、大切な意味があることを感じ始めるだろう。

そのとき、我々は、「精神の成熟」への道を歩み始めている。

創造という行為の秘密

若き日に、顧客への企画提案の仕事をしていたが、ある日、上司から注意を受けた。

「競合企業もいる会議の場では、大切なアイデアを話すな。アイデアを盗まれるぞ……」

この上司の忠告は、ビジネスや人生における処世の知恵としては、正しいアドバイスであり、自分のことを思って言ってくれた上司には感謝している。

しかし、一方で、内心、この「盗まれるぞ……」という言葉には抵抗を感じていた。

なぜなら、この言葉と発想には、我々の多くが気がついていない落し穴があるからである。

実は、我々が「アイデアを盗まれる」という感覚を持つとき、その心のすぐ奥に、「自分が思いつくアイデアの数には、限りがある。だから、盗まれないようにしなければ」という無意識の自己限定が生じている。そして、我々の潜在意識が、こうした自己限定を抱くとき、恐ろしいほどに、アイデアは出なくなってしまう。

永年、シンクタンクの世界において、企画プロフェッショナルの道を歩んできた一人の人間として、自身の経験に即して言えば、アイデアとは、むしろオープンに語れば語るほど、心の奥深くから湧き上がってくるものである。逆に、「アイデアを盗まれる」という強迫観念を持つと、生まれてくるアイデアにも限界があり、新たなアイデアが次々と湧き上がってくるという状況にはならない。

もし、世の中に「創造性のマネジメント」というものがあるならば、その要諦は、ブレーン・ストーミングやアイデア・フラッシュのやり方といった表層的な技法ではなく、自身の心の中にある「無意識の自己限定」を、いかに取り払うかという「潜在意識のマネジメント」なのであろう。

しかし、残念ながら、世の中で、そのことを深く論じている著書には、あまりお目にかからない。

では、「自分の考えつくアイデアの数には限りがある」「アイデアが枯渇してしまう」といった無意識の自己限定を外し、「自分の中から、アイデアは、泉のように湧き上がってくる」という感覚で潜在意識を満たすには、どうすれば良いのか。

誤解を恐れずに言えば、そのためには、一つの信念を心に抱くことであろう。

アイデアとは、
自分という小さな存在が生み出すものではなく、
大いなる何かが与えるものである。

もし、我々が、そうした感覚を心の奥深くに信念として抱くことができたならば、アイデアは、不思議なほど、湧き上がってくる。

これは、決して、何か神秘主義的なことを述べているのではない。実際、そうした「大いなる何か」が存在するか否かは、科学の発達した現代においても、誰も証明できない。

しかし、才能に溢れ、創造性に溢れた古今東西の思想家、学者、芸術家、発明家、実業家などの発想法を調べてみると、その多くが、「アイデアは、大いなる何かから与えられる」という感覚を持っていたことは、密やかな事実である。

筆者は、それほどの才能に恵まれた者ではないが、二〇年間に数十冊の著書を上梓し、テーマも、未来予測と社会変革、資本主義と経営戦略、情報革命と知識社会、働き方と生き方など、多岐にわたって様々なメッセージを語ってきた。しかし、いま、これらの著書を手に取って見るとき、「これは、自分が書いた本なのだろうか」という不思議な感覚に包まれる。

それらの著書は、いずれも、核となるアイデアが湧き上がってきた瞬間に、必要な情報が自然に集まり、編集者との対話が深まり、そこに書物としての内容が導かれるようにして生まれてきたものである。

では、創造性のマネジメントにおいて、「アイデアは、大いなる何かから与えられる」という感覚が大切であるとするならば、我々は、どのようにして、そうした感覚を磨いていくことができるのか。

その答えを示唆する一つの言葉が、かつて、版画家、棟方志功が語った言葉であろう。

「我が業《わざ》は、我が為すにあらず」

然り。いま自分が成し遂げようとしている仕事は、実は、自分が成し遂げようとしているのではない。大いなる何かが、自分という存在を通じて、世の中のために、成し遂げようとしている。

その感覚を心に抱くとき、不思議なほど、様々なアイデアや発想が、心の奥深くから湧き上がってくる。

そして、その小さな個を超えた感覚こそが、古くから、「使命感」と呼ばれてきたものであろう。

潜在意識のマネジメント

心理学の世界に、「サブリミナル効果」という言葉がある。

例えば、映画館において上映される映像に、観客の表層意識では気がつかない閾値下《いきちか》（サブリミナル）のレベルで、ほんの一瞬、しかし、繰り返し、「コーラを飲め」「ポップコーンを食べろ」という文字を挿入しておくと、映画を見終わった後、多くの観客が、無意識に、コーラを飲み、ポップコーンを食べたくなるといった心理効果のことである。

このサブリミナル効果を利用した広告や宣伝の危険性を論じたのが、ウィルソン・ブライアン・キイの『潜在意識の誘惑』や『メディア・セックス』などの著書であるが、この手法が、実際の広告や宣伝において、どれほど具体的な効果を発揮するかについては、疑問や批判も含め、様々な議論がなされている。

しかし、映像や画像、音声や音響、記号や文字を通じ、人々の潜在意識に特定のイメージを刷り込むことによって、人々の気がつかぬうちに、その心理的な反応や行動をコントロールできることは、いまや、広く認められるところとなっている。

幸い、テレビや映画などのメディアにおいては、このサブリミナル効果を、広告や宣伝などの商業目的で意図的に利用することは禁じられているが、問題は、そうした意図的なものでなくとも、日々、メディアから溢れ出すイメージの洪水が、このサブリミナル効果によって、我々の潜在意識に、否定的な心理を刷り込んでしまうことである。

例えば、テレビを通じて、毎日、暴力や破壊、悲惨や悲劇、事故や病気などの否定的なイメージ情報が、大量に、そして、一方的に、我々の潜在意識に刷り込まれているが、このことが引き起こす心身医学的問題や社会心理学的問題は、決して無視できないであろう。

これは、明らかに「心の環境問題」と呼ぶべきものであるが、この環境問題の深刻さは、気がつかないうちに、我々の潜在意識に否定的なイメージが刷り込まれ、それが自覚されないまま、我々の心理と行動に悪しき影響を与えてしまうことである。

もし、これが、通常の環境問題であれば、環境中の汚染物質の濃度を測定し、適切な除染を行うことや、摂取を制限することによって、それが体内に入るのを防ぐことができる。しかし、この「心の環境問題」は、自分の潜在意識が、どれほど汚染されているかを知る明確な方法も無ければ、その汚染を除去する有効な方法も無い。

週末、海や山などの自然に触れることや、静かな場所で瞑想をすることを習慣とする人々は、意識的にも、無意識的にも、この「心の環境問題」

への懸念を抱き、自身の心の深層を浄化する「潜在意識のマネジメント」を行っているのであろう。

しかし、我々の潜在意識への否定的な影響という問題は、視野を拡げて見れば、テレビや映画などのメディアを通じてだけ起こっているわけではない。

日々の職場の中で、何気なく耳に入ってくる上司の愚痴や不満。ふと目に入ってくる上司の暗い表情や投げやりな仕草。

それもまた、ある種のサブリミナル効果によって、部下の潜在意識に、否定的なイメージを刷り込んでしまっている。

残念なことに、この上司は、悪意は無いが、自分の愚痴や不満、表情や仕草が、その否定的イメージを通じて、部下の意欲を損ね、部下の能力の開花を妨げてしまうことの怖さに、気がついていない。

しかし、この「心の環境問題」には、大きな救いがある。

通常の環境問題であれば、汚染というマイナスの影響が起こるか否かが問題になるが、「心の環境問題」においては、マイナスの影響だけでなく、プラスの影響も起こる。

職場の上司の明るい笑顔や生き生きとした表情が、そして、自然に口から出る部下に対する感謝の言葉やねぎらいの言葉が、部下の表層意識はもとより、その潜在意識も、プラスのもの、肯定的なものに変えていく。

そして、これは、決して小さなことではない。

なぜなら、二一世紀の高度知識社会におけるマネジメントは、部下の中に眠っている知的能力を引き出し、その隠れた可能性を開花させるための「潜在意識のマネジメント」に向かっていくからである。

しかし、部下に対して潜在意識のマネジメントを行うためには、まず、何よりも、その上司に問われることがある。

自分自身の潜在意識のマネジメントができているか。

そのことが、深く問われる。

才能の開花を妨げる「迷信」

世の中に、自分の才能を開花させたいと願う人は多いが、その願い通り、自分の中に眠る才能を開花させる人は少ない。

それは、なぜであろうか。

その一つの理由を教えてくれる、興味深いエピソードがある。

何年か前、あるテレビ番組で、世界的なチェロ奏者、ミッシャ・マイスキーが、子供たちに音楽を教えていた。

そして、その番組の中で、マイスキーは、子供たちに、興味深い一つのクイズを出した。

そのクイズとは、バッハの無伴奏チェロ組曲の同じ曲について、三人のチェロ奏者の演奏録音を聴かせ、誰が最も若い年齢の演奏者で、誰が最も歳を取った演奏者かを、当てさせるというものであった。

しかし、このクイズの結果は、静かな驚きを禁じえないものであった。

子供たち全員が、「最も歳を取った演奏者の重厚な演奏」と感じたのは、実は、若い頃のマイスキーの演奏であった。

そして、子供たち全員が、「最も若い年齢の演奏者の軽快な演奏」と感じたのは、それから一六年の歳月を重ね、歳を取ったマイスキーの演奏であった。

伸びやかに、軽やかに、その精神の若々しさを感じさせるチェロの演奏は、ソビエト抑留の苦難の歳月を経て、年輪を重ねたマイスキーのものであった。

このマイスキーの演奏を聴くとき、我々は、いま世の多くの人々が「常識」と思って信じていることが、実は、一つの「迷信」であることに、気がつく。

人は、歳を取ると、
精神の若さと瑞々《みずみず》しさを失っていく。

実は、我々が、歳を取るにつれ、精神の若さと瑞々しさを失っていくのは、多くの人々が信じる、その「迷信」によって、それが真実であると思い込み、無意識に「自己限定」をしてしまうからに他ならない。

そして、そうした無意識の「自己限定」は、世に溢れている。

例えば、職場の会議において、年配の男性上司が語る、次のような一言。

「ここは、君たち女性スタッフの、細やかな感性で、
何か、良いアイデアはないだろうか……」

もとより、この上司には、悪意も他意も無い。しかし、こうした言葉が、その裏返しに、自分自身と周りの男性スタッフに、「男性には、細やかな感性が欠けている」という無意識の「自己限定」を刷り込んでしまっていることに気がつかない。

改めて「ジェンダー論」を述べるまでもなく、すべての男性の中に「男性性」と「女性性」があり、すべての女性の中に「女性性」と「男性性」がある。それゆえ、当然のことながら、男性であっても、「細やかな感性」を開花させていくことはできる。そして、周りを見渡せば、そうした男性は、決して少なくない。

そうであるならば、我々の才能や可能性の開花を妨げているのは、実は、

「男性は、細やかさに欠けている」
「女性は、論理的に考える力が弱い」
「老人は、創造性を失う」
「若者は、思慮が浅い」
「日本人は、個性の表現が弱い」

といった「迷信」とも呼ぶべき「思い込み」であり、それによる無意識の「自己限定」に他ならない。

しかし、もし我々が、それが単なる「思い込み」であり、「迷信」であることに気がつくならば、その瞬間に、我々は、「自己限定」の鎖《くさり》から解

き放たれ、自らの中に眠る素晴らしい可能性が開花し始める。
そして、そのとき、「古い迷信」が消え、二一世紀の「新たな常識」が生まれてくるだろう。

例えば、

人は、永き歳月を歩み、
人生の苦難を乗り越えていくほどに、
精神は、若く、瑞々しくなっていく。

という「新たな常識」。
マイスキーのエピソードが予感させるのは、そうした「新たな常識」の時代の到来であろう。

古典を読むときの落し穴

なぜ、古典を読んでも、人間力が身につかないのか。

ときおり、読者から、その質問を受けるが、その理由を、一つの視点から語っておこう。

かつて、ある雑誌の編集長が、永年の実績のある優れた経営者に、「社員教育の要諦」を聞いた。すると、その経営者は、短く、一言を語った。

「社員を愛することです」

一方、ある雑誌の記者が、部下の教育に苦労する中間管理職に話を聞いた。すると、その中間管理職は、ためらいながら、こう答えた。

「正直に言って、あまりに仕事の覚えが悪い部下を見ていると、指導を諦めたくなるときがあります。『もうやっていられない』という心境ですね。しかし、一晩寝て朝起きると、なぜか、彼と上司、部下の関係になったのも何かの深い縁かなと思うのです……。そして、考えてみれば、自分の若い時も『覚えの悪い部下』だったなとも思うのです。すると、この部下のために、もう少し頑張ってみようかと思えるのですね……」

さて、この二つのエピソード、どちらが、「人間力」を身につけていくために、参考になるだろうか。どちらが、「人間成長」という山道を登っていく者にとって、糧《かて》になるだろうか。

答えは、明らかであろう。

前者の経営者は、決して間違ったことを言っていない。「社員を愛する」。それは、誰もが認める「かくあるべし」の姿であろう。

しかし、こうした言葉を聞かされても、一人の未熟な人間としては、「それは分かるが、しばしば目の前の一人の社員を愛せない心境になるから、苦しんでいる……」と呟きたくなるのではないか。

これに対して、後者の中間管理職の言葉は、そうした未熟な人間としても、励まされる言葉であり、何かを学べる言葉である。

誰もが、一度や二度は、諦めそうになること。一晩寝た後、人間の心境は変わること。相手と出会ったことの縁を思うこと。自身の若き日の未熟さを振り返ること。いずれも、深く学べる言葉である。

すなわち、この二人の人物が語った、二つの言葉。

一つは、優れた人間が、自身が登り到った高き山の頂を指し示し、「この頂に登るべし」と語る言葉。

一つは、心の弱さを抱えながらも、そして、遅き歩みながらも、高き山の頂をめざして一歩一歩登っていく人間が語る、「未熟な人間でも、このような心の置き所を大切に歩めば、少しずつでも登っていけるのではないか」との言葉。

実は、古典と呼ばれるものには、この二つの種類の言葉、「理想的人間像」を語る言葉と、「具体的修行法」を語る言葉が書かれている。

そして、未熟さと心の弱さを抱えて歩む我々にとって、真に励ましとなり、糧となるのは、実は、後者の言葉であり、こうした言葉をこそ、古典を読むとき、我々は、深く読み取るべきであろう。

そして、優れた古典の中には、著者自身が、一人の人間としての未熟さと心の弱さを抱え、それでも、人間としての成長を求め、悪戦苦闘しながら山道を登っていくなかで書かれたものが少なくない。

例えば、『歎異抄《たんにしょう》』という古典。親鸞《しんらん》の思想を学ぶとき、多くの人が、この書から入っていく。しかし、これは、親鸞の書いた書ではない。それは、師である親鸞に付き従いながら、親鸞の思想を体得しようと修行を続けた弟子、唯円《ゆいえん》の書いたもの。

同様に、例えば、『正法眼蔵随聞記《しょうぼうげんぞうずいもんき》』という古典。道元の思想を学ぶとき、多くの人が、この書から入っていく。しかし、これもまた、道元の書いた書ではない。それは、師である道元に付き従いながら、道元の思想を体得しようと修行を続けた弟子、懐奘《えじょう》の書いたもの。

このように、優れた古典とは、一人の人間が、未熟さを抱えながら、どのようにして高き頂に向かって山道を登っていったかを語ったものである。

そして、我々の胸を打つのは、人間としての弱さを抱えながらも、ひたすらに成長を求めて歩み続けた、その姿であり、自身の歩みの遅さに、ときに天を仰ぎ、溜め息をつきながらも、決してその歩みをやめなかった姿であろう。

古典を通じて我々が深く学ぶべきは、登るべき「高き山の頂」だけではない。その頂に向かってどのように歩んでいくか、その「山道の登り方」を学ぶべきであり、山道を登るときの「心の置き所」をこそ、学ぶべきであろう。

謙虚さと感謝の「逆説」

かつて、ある書籍の対談で、臨床心理学者の河合隼雄氏と語り合ったが、そのとき、人間が身につけるべき「謙虚さ」について話題が及んだ。学者としてだけでなく、数多くの心理カウンセリングの経験を積んでこられた河合隼雄氏。この対談においても、いつものように飄々とした風情で、様々な洞察を語られたが、この「謙虚さ」について語られた言葉が、いまも心に残っている。

人間は、自分に本当の自信がなければ、謙虚になれないのですよ。

その静かな言葉の奥にある人間洞察の鋭さに、深い感銘を覚えたが、同時に、この河合氏の言葉は逆説的でありながら、たしかに真実であると感じた。

なぜなら、筆者は、永くビジネスの世界を歩み、色々な人物を見てきたが、様々な場面で、同様のことを感じてきたからである。

例えば、部下に対して横柄な態度を示す上司を見ていると、その心の奥深くから、自信の無さが伝わってくるときがある。

また、声高に「俺は負けない！」と語り、虚勢を張る経営者から、逆に、内心の自信の無さを感じるときがある。

その意味で、この河合氏の言葉、「人間は、自分に本当の自信がなければ、謙虚になれない」は、真実であろう。

実際、世を見渡せば、「本当の自信がないため謙虚になれない人物」は、決して少なくない。いま、この一文を目にする読者の心にも、過去に巡り会った様々な人物の姿が浮かんでいるかもしれない。

しかし、筆者の自戒を込めて述べるならば、こうした鋭い人間洞察の言葉を、誰かに対する人物批評として使うことには、危うい落し穴がある。

世の中には、パスカルの『パンセ』や、ラ・ロシュフーコーの『箴言《しんげん》集《しゅう》』を始め、鋭い人間洞察の言葉があるが、これらは、本来、「他人を評する」ための言葉ではない。それは、どこまでも、「自身の内面を見つめる」ための言葉であろう。

その姿勢で読むならば、我々は、この河合氏の言葉から、深い内省の時間を持つことができる。

例えば、仕事で壁に突き当たり、自分に自信が無くなっているとき、なぜか、周りに虚勢を張っている自分がいることに気がつく。

また、自分が価値の無い人間ではないかと悩むとき、なぜか、素直に他人を誉められない自分がいることに気がつく。

もし、そのような内省をされる読者がいるならば、冒頭の対談で河合氏が語った、もう一つの言葉を紹介しておこう。

氏は、冒頭の言葉に続き、次の言葉を語った。


人間は、本当の強さを身につけていないと、感謝ができないのですよ。


これも、まさに、的確な指摘。

例えば、多忙を極める日々においても、部下に仕事を頼んだとき、相手が新入社員であっても、心を込め、「有り難う、助かったよ」と言える上司。その姿からは、心の奥深くの「静かな強さ」とでも呼ぶべきものが伝わってくる。

一方、人生において、自分が与えられているものに感謝することなく、自分が与えられていないものに対する不平や不満を漏らし続ける人物。そうした人物を見ていると、どこか、心の弱さを感じる。

では、どうすれば、我々は、その「自信」や「強さ」を身につけることができるのか。

実は、河合氏が語る「謙虚さ」と「自信」、「感謝」と「強さ」の関係は、その逆も真実である。

例えば、自分より若い人や立場の弱い人に対しても、決して驕らず、謙虚に処することを心掛けていると、自然に、心の深いところに「静かな自信」が芽生えてくる。

また、誰かとのトラブルが起こったとき、その相手や出来事に対して、「ああ、この出会いも、出来事も、自分の成長に必要な何かを教えてくれている。有り難い」と、心の中で感謝することを心掛けていると、自然に、心の深いところに「静かな強さ」が生まれてくる。

そして、この「静かな自信」と「静かな強さ」。

それこそが、我々が、生涯をかけて身につけていくべき「真の自信」であり、「真の強さ」に他ならない。

嫌いな人が自分に似ている理由

嫌いな人は、実は、自分に似ている。


こう述べると、驚きを感じる人もいるだろう。

しかし、この言葉は、しばしば、真実である。


例えば、家庭で、父親と娘が、よく意見がぶつかるという場合がある。

こうした状況を、よく見てみると、この父親と娘、遺伝的に互いの性格が似ているということが原因になっている場合も多い。

遺伝的には、娘が父親の性格に似て、息子が母親の性格に似るということとは、しばしば起こると言われるが、この場合には、似た性格だからこそ、互いに父親と娘が反発するということが起こっている。

また、例えば、職場などで、ときおり、こうした会話を耳にする。会議で、二人の課長の意見がぶつかり、少し感情的な議論になった後の、参加者の会話である。


「A課長、何で、B課長の意見に、あんなに反対するのだろうか。少し感情的な反対のような気もするんだが……」

「A課長は、B課長のことが嫌いなんだろうな」

「どうして、そう思う」

「だって、そうだろう。A課長とB課長、二人とも、性格が似ているんだよ……」

「なるほど……。やはり、そうか……」

では、なぜ、「自分に似ている人を、嫌いになる」ということが起こり、「嫌いな人は、自分に似ている」ということが起こるのか。

これは、我々人間の心には、「自分の持つ嫌な面を持っている人を見ると、その人に対する嫌悪感が増幅される」という傾向があるからである。

そのため、「嫌いな人」の嫌いな部分を深く見つめるならば、しばしば、それが、自分の中にある嫌いな部分と同じであることに気がつく。すなわち、「自分に似ている」ということに気がつく。

これを、心理学の言葉で表現するならば、

他者への嫌悪の感情は、しばしば、

自己嫌悪の投影である。

という言葉になる。

たしかに、人間には、自分でも嫌いな「自分の欠点」を指摘されると、それを認めたくないため、感情的に反発したくなる心理があるが、同様に、相手の姿の中に、自分でも嫌いな「自分の欠点」を見ると、それを見たくないため、その相手をますます嫌いになるという心理がある。

特に、相手の姿の中に、自分自身が心の奥深くに抑圧している「自分の嫌な面」を感じると、それが「自己嫌悪の投影」であることさえ気がつかず、相手に対する嫌悪感を抱くことがある。

そうした人間心理の機微を理解するならば、人生で「好きになれない人」や「嫌いな人」に出会ったとき、その人の「欠点」や「嫌な面」が、自分の中にもあるのではないかと考えてみることも一つの叡智であろう。

昔から語られる「相手の姿は、自分の心の鏡」という言葉は、この人間心理の機微を語った言葉でもある。

そして、「他者への嫌悪の感情は、しばしば、自己嫌悪の投影である」ということを理解するならば、我々は、もう一つ、大切なことを理解しておく必要がある。

自分の中にある欠点を許せないと、

同様の欠点を持つ相手を許せない。

もとより、この「自分の中にある欠点を許す」ということは、表層意識のレベルの話ではない。

それは、我々の深層意識の世界に関わる、深く難しい課題であり、容易なことではないが、我々は、この心の機微も、理解しておく必要がある。

古典に語られる、

「自分を愛せない人間は、他人を愛せない」

という言葉は、この深みを語った言葉に他ならない。

「不動心」の真の意味

かつて、人間の「不動心」について、興味深い心理実験が行われた。

一人は、最近、座禅の修行を始めたばかりの若者。もう一人は、永年、禅寺での修行を積んだ禅師。その二人に、座禅中の脳波の測定実験を行ったのである。

最初、二人同時に、座禅による瞑想状態に入ってもらい、その脳波をそれぞれ測定したところ、二人の脳波は、いずれも整然とした波形を示し始めた。

そこで、実験者は、二人を驚かせるために、突如、大きな音を立てたのである。

すると、二人の脳波は、いずれも、大きく乱れた波形を示した。
すなわち、永年の厳しい修行を積んだ禅師も、修行の入り口の若者と同様、その音によって心が乱れ、決して「不動心」ではなかったのである。

しかし、実は、この実験、その後の二人の脳波が、大きく違った。
若者の脳波は、音が静まった後も、いつまでも乱れ続けたが、禅師の脳波は、すみやかに、もとの整然とした状態に戻ったのである。

この興味深い実験結果は、「不動心」の真の意味を、教えてくれる。

「不動心」とは、「決して乱れぬ心」のことではない。
「不動心」とは、「乱れ続けぬ心」のこと。

すなわち、「不動心」とは、どのような危機が起こり、いかなる問題が生じても、「心が微動だにせぬ」という意味での「不動心」ではない。生身の人間であるかぎり、一瞬、心が大きく揺らぐことがあってもよい。しばし、心が穏やかならぬ状況に陥ってもよい。

その直後、心が戻っていくべき場所を知っており、その場所に速やかに戻っていけること。それが、「不動心」の真の意味に他ならない。

あたかも、優れたテニスプレイヤーが、大きく体勢を崩しながら球を打ち返した後、すぐに、体勢を正位置に戻すように、「不動心」を身につけた人物は、何があっても、すぐに「心の正位置」、すなわち「平常心」や「静寂心」に戻ることができる。

では、永年、この「不動心」「平常心」「静寂心」の修行を続けていくと、我々の心は、いかなる世界に向かっていくのか。

そのことを教えてくれる寓話《ぐうわ》がある。

仏道の修行をする師と弟子が、旅をしていた。
その旅の途上で、川に差し掛かったところ、
若い女性が、川の前で立ち往生をしていた。
着物の裾をあげ、川を渡ろうとしたのだが、
流れが急で、渡れなかったのである。

それを見た弟子は、
若い女性に心を惑わされてはならぬと、
一人で川を渡ろうとした。
しかし、師は、黙って歩み寄ると、
その肌も露《あらわ》な女性を肩に担ぎ、川を渡した。

女性の礼の言葉を背に、二人の修行僧は、
その先にある山道を登り始めた。
山道を登り終え、坂道を下り、
その山を越えたところで、
思い余った弟子が、堪え切れず、師に訊いた。

あれは、許されぬことではないでしょうか。
若い女性を肩に担ぐなど、修行の身で、
してはならぬことではないでしょうか。

それを聞いて、師は、微笑みながら答えた。

おや、お前は、あの山を越えても、
まだ、あの女性を担いでいたか。

「担ぎ続けぬ心」

何物にもこだわらぬ天衣無縫《てんいむほう》、融通無碍《ゆうずうむげ》の心の世界。
それは、「乱れ続けぬ心」という「不動心」の修行の彼方にやってくる
ものであろう。

「解釈力」という究極の強さ

遠い昔、新入社員として働き始めた頃、一人の上司が、食事に誘ってくれた。

静かなレストランで楽しく時を過ごし、食事を終え、コーヒーを飲んでいるとき、その物静かな上司が、ふと、独り言のように、語り始めた。

「毎日、会社で色々な問題にぶつかって、

苦労するよ。

そのときは、会社の方針に原因があると思ったり、

周りの誰かに責任があると思って、

腹を立てたりもするのだけれど、
家に帰って、一人で静かに考えていると、
いつも、一つの結論にたどり着く。

すべては、自分に原因がある。

そのことに気がつくのだね……」

その言葉を聞いたとき、それは、上司が仕事の苦労を述懐しているのかと思ったのだが、帰途につき、一人、夜道を歩いていると、ふと、その言葉が心に甦ってきた。そして、気がついた。
あの上司は、自らを語る姿を通して、若く未熟な一人の人間に、大切なことを教えてくれていた。

「引き受け」


すべてを、自分自身の責任として、引き受けること。

それは決して容易なことではないが、その心の姿勢を大切に歩むならば、我々は、確実に、一人の職業人として、一人の人間として、成長できる。

逆に、我々が成長の壁に突き当たるときは、この「引き受け」ができない。苦労や困難、失敗や敗北、挫折や喪失、病気や事故、何が起こっても、常に、自分以外の誰かに、そして、自分以外の何かに、その原因を求めようとしてしまう。

その背後には、我々の心の中の「小さなエゴ」の動きがある。

その「小さなエゴ」は、常に、我々の心の奥深くで、「俺は、悪くない」「私は、間違っていない」と叫び続けている。

そして、我々の心が強くなければ、自身の心の奥深くで動く、その「小さなエゴ」の姿を見つめることを、避けてしまう。

では、どうすれば、我々は、この「引き受け」ができるようになるのか。
そのことを考えるとき、相撲界での、一つのエピソードを思い起こす。

現役時代、大関として活躍した、ある親方が、膝の故障で長期の休場を余儀なくされた苦難の時期を振り返り、こう述懐した。

「絶好調に慢心していた、あの頃の私は、
挫折を、しなければならなかったのです。
あの挫折によって、
私は、多くのことを学びました」

この言葉の奥にある、人生の出来事を深く解釈する力。

人生において、自分に与えられた
苦労や困難、失敗や敗北、挫折や喪失、病気や事故は、
自身の成長のために、天が与えたものである。
されば、いま、この出来事から、
自分は、何を学ぶべきか。
いかなる成長を遂げるべきか。

その「解釈力」を身につけたとき、我々は、自然に、与えられた出来事の「引き受け」ができるようになる。
そして、仕事と人生において、苦労や困難、失敗や敗北を味わいながら

も、この「解釈力」を身につけ、「引き受け」の覚悟を定め、道を歩むとき、いつか、自分に、一つの「強さ」が身についていることに気がつく。

静かな強さ

それは、「誰かに勝つ」「競争に勝つ」という強さを超えた、人間が、その人生を通じて身につけていくべき「真の強さ」に他ならない。

あのとき、あの物静かな上司から伝わってきたものは、その強さであった。

起こること、すべて良きこと

ある男性が、海外出張のとき、自動車を運転していて、一瞬の不注意から、瀕死《ひんし》の重傷を負う事故に遭った。

そして、運び込まれた現地の病院での大手術によって、その男性は、九死に一生を得たが、残念ながら、左足を切断する結果になってしまった。

意識が回復し、左足を失ったことを知ったその男性は、一瞬のミスによって迎えた人生の明暗に、ひとり、病院のベッドの上で嘆き悲しんでいた。

しかし、そこに日本から駆けつけてきた、その男性の妻は、病室に入るなり、夫を抱きしめ、何と言ったか。

「あなた、良かったわね！
命は助かった！
右足は残ったじゃない！」

このエピソードは、我々に、大切なことを教えてくれる。

何が起こったか。
それが、我々の人生を分けるのではない。

起こったことを、どう解釈するか。
それが、我々の人生を分ける。

そのことを教えてくれる。

いま、書店に並ぶ本や雑誌を見れば、「成功」という文字や、「勝利」という文字が躍っている。「いかにして成功するか」や「いかにして勝者になるか」というメッセージが溢れている。

しかし、人生の真実を、ありのままに見つめるならば、「成功」の陰には、必ず「失敗」があり、「勝利」の陰には、必ず「敗北」がある。

されば、我々の人生において、失敗や敗北、挫折や喪失、そして、病気や事故は、決して避けることはできない。

では、人間の「真の強さ」とは何か。

それは、決して「必ず成功する力」や「必ず勝利する力」のことではない。

人間の真の強さとは、冒頭のエピソードの、妻の姿にある。

すなわち、人生において、いかなる出来事が与えられようとも、その

「解釈」を過《あやま》たない力。その意味を肯定的に解釈する力。
真の強さとは、その「解釈力」と呼ぶべき力であろう。

では、いかにすれば、我々は、その「解釈力」を身につけることができるのか。

一つの覚悟を定めることである。

人生で起こること、すべてに深い意味がある。

その覚悟を定め、その意味を考えるという営みを続けるとき、我々は、人生で与えられた否定的に見える出来事の中にも、肯定的な意味を見出す力を身につけていく。「解釈力」という真の強さを身につけていく。

では、どうすれば、我々は、その「解釈力」を、ゆるぎなきものにできるのか。

そのためには、一つの信を定めることである。

自分の人生は、大いなる何かに、導かれている。
この否定的に見える出来事も、大いなる何かが、自分を育てようとして与えたものに他ならない。

その信を定め、「この出来事は、自分に、何を学べと教えているのか」「この出来事は、自分に、いかなる成長を求めているのか」を考えることである。

もとより、そうした「大いなる何か」が存在するか否かは、科学では証明できない、永遠の問い。
しかし、歴史を振り返るならば、優れた仕事を成し遂げてきた人物は、誰もが、たとえ言葉にせずとも、心中深く、そのことを信じていた。

されば、その覚悟を定め、その信を定め、永い年月を歩んだとき、何がやってくるのか。

いつか、我々の心には、一つの思いが浮かんでくる。

人生で起こること、すべて良きこと。

「明日、死ぬ」という修行

経営の世界において、昔から語られてきた一つの格言がある。

経営者として大成するには、三つの体験の、いずれかを持たねばならぬ。

戦争か、大病か、投獄か。

ここで投獄とは、文学者・小林多喜二が思想犯として逮捕され、拷問で獄死するような時代の投獄のことであり、この三つの体験は、いずれも「生死の体験」を意味している。

実際、戦後の優れた経営者を見るならば、伊藤忠商事元会長の瀬島龍三氏は、戦争とシベリア抑留一一年を体験し、京セラ・ＫＤＤＩ創業者の稲盛和夫氏は、若き日に、当時は死病とも呼ばれた結核を患い、住友銀行元頭取の小松康氏は、戦時中に水兵として乗務していた巡洋艦那智が撃沈され、九死に一生を得ている。

では、なぜ、経営者として大成するには、「生死の体験」を持たねばならぬのか。

それは、「生死の体験」によって、人間は、「死」というものを直視し、深い「死生観」を摑むからであろう。

では、「死生観」を摑むとは、いかなることか。

それは、人生における「三つの真実」を直視することである。

人は、必ず、死ぬ。
人生は、一度しかない。
人は、いつ死ぬか、分からない。

その三つの真実である。
では、なぜ、この三つの真実を直視することが、大成への道となるのか。
それは、この直視によって、「三つの力」が与えられるからである。

第一に、人生の「逆境力」が高まる。

「人は、必ず、死ぬ」ということを直視するならば、人生や経営における最悪の逆境に直面しても、「命あるだけ、有り難い」という絶対肯定の姿勢で処することができる。そして、不運や不幸を嘆くのではなく、「この不運、不幸と見える出来事にも、何かの深い意味がある」と思い定め、すべてを自身の人間成長の糧として解釈する力が身につく。

第二に、人生における「使命感」が定まる。

「人生は、一度しかない」ということを直視するならば、「その一度かぎりの命を、どう使うか」という意味での「使命感」が心に芽生え、それが、世のために何か善きことを為そうとの「志」へと昇華していく。そして、一人の人間が、深い使命感と志を抱くならば、その思いに共感する人々が周りに集まり、その志を実現するための力を貸してくれる。

第三に、人生の「時間密度」が高まる。

人間は、「あなたの命は、あと三〇日」と言われたならば、一日一日を慈しむようにして大切に生きる。しかし、「あなたの命は、あと三〇年」と言われたならば、「まだ三〇年もあるか」と思い、安逸《あんいつ》な生き方をしてしまう。だが、「人は、いつ死ぬか、分からない」ということを真に直視するならば、「与えられたこの一日を、精一杯に生き切る」という姿勢が身につき、その覚悟を持たない人間に比べ、時間の密度が圧倒的に高まっていく。

しかし、こう述べてくるならば、深い「死生観」を摑むことは、一人の経営者として大成するためだけでなく、一人の人間として成長し、成熟し、良き人生を送るために大切なことであることに気がつく。

では、この深い「死生観」を摑むためには、戦争や大病や投獄の体験が絶対の条件なのか。

実は、そうではない。

我々に問われるのは、「人は、必ず、死ぬ」「人生は、一度しかない」「人は、いつ死ぬか、分からない」という三つの真実を、日々、覚悟を定め、直視することができるか否かである。

仏教者の紀野一義師は、若き日に、「明日死ぬ、明日死ぬ、明日、自分は死ぬ」と思い定め、その日一日を精一杯に生き切るという修行をした。

もし、我々が、本気で、この修行をするならば、日々の風景が変わる。人生が変わる。そして、心の奥深くから、想像もできない力と叡智が湧き上がってくる。

しかし、我々の弛緩《しかん》した精神は、そのことを頭で理解するだけで、決して行じようとはしない。

第三部

言葉との邂逅

心に触れる言葉に巡り会ったとき、
深い思索が始まる

もし、万一、
再び絵筆をとれる時が来たなら

『風景との対話』
東山魁夷

我々の中に眠る才能は、
いかなるとき、開花するのか。

そのことを考えるとき、そこに深い逆説があることに気がつく。
かつて、一冊の本と巡り会い、その逆説を教えられた。
『風景との対話』
日本画家、東山魁夷氏のその書の中に、「風景開眼」という随想がある。

この随想の中で語られた、東山氏の魂の独白が、いまも心に残っている。

氏は、若き日に、画家としての道を志しながら、なかなか世間から評価されることがなかった。友人たちが次々に画壇の寵児《ちょうじ》になる姿を見ながら、一人取り残された思いで道を歩んでいた。

しかし、その鬱々とした時代のなかで、氏は、終戦間際の軍隊に召集される。そして、爆弾を抱えて戦車に肉薄攻撃する訓練を受ける日々。

その死を覚悟した日々に、あるとき、熊本城から肥後平野と阿蘇の雄大な風景を見る。それは、見慣れたはずの光景であったが、死を目前にした氏には、その風景が光り輝いて見えた。そして、その光景に、涙するほどの感動を覚える。

そのときの心境を、氏は、こう語る。

「あの風景が輝いて見えたのは、私に絵を描く望みも、生きる望みも無くなったからである。私の心が、この上もなく純粋になっていたからである。死を身近に、はっきりと意識する時に、生の姿が強く心に映った」

そして、その深い感動のなかで、氏は、こう思い定める。

「もし、万一、再び絵筆をとれる時が来たなら、
私はこの感動を、いまの気持ちで描こう」

もはや、その時はもう来ないだろうとの諦念の中で、氏は、その切なる願いを心に抱く。

しかし、氏は、奇跡的に生還し、再び絵の道を歩み始め、才能を開花させる。

人の才能が開花するとき、そこには、一つの逆説がある。

才能の開花を願うかぎり、才能が開花することはない。

なぜなら、才能を開花させたいとの思いが、我々の純粋な心を曇らせてしまうからである。そして、その心の曇りは、我々の中の最も大切なものを抑え込んでしまう。

生命力。

その根源的な力を抑え込んでしまう。

では、生命力は、いかなるとき、開花するのか。

いま、この日々を生きていることへの、純粋な感動と感謝。

それを抱くとき、我々の奥深くから、生命力が開花し始める。

そして、そのとき、才能と呼ばれるものも、自ずと花開く。

されば、その純粋な感動の力。

それこそが、我々に与えられる真の才能なのであろう。

何も知らない子供たち。彼らはあれでいい。

みじめなのは俺たちだ。


『きけ　わだつみのこえ』

日本戦没学生記念会編

なぜ、読書をするのか。

そう問われれば、「言葉との邂逅」を求めて、と答えるだろう。

かつて、文芸評論家、亀井勝一郎が、「読書とは、著者の魂との邂逅である」と語ったが、されば、読書とは、著者の魂が紡ぎ出した言葉との邂逅、とも言えるだろう。

その「言葉との邂逅」を求めた読書遍歴の中でも、若き日の私の心に突き刺さってきた言葉が、『きけ　わだつみのこえ』という書に収められた、この一文であった。

これは、太平洋戦争の末期、二〇余歳の若さで徴兵され、戦死していった学徒兵たちの手記だが、それらの手記からは、どの一文も、死を覚悟した人間の魂の叫びが聴こえてくる。

それゆえ、この書は、生半可な覚悟では読めない。魂の叫びの言葉を読むためには、こちらも魂で正対し、その言葉と格闘する覚悟がなければ、読み進むことができない。

しかし、ひとたび正対して読むならば、二つのことを教えられる。


一つは「自らの精神の未熟さ」。

彼らは、二〇余歳の若さであるにもかかわらず、その文章が、見事なほどに成熟している。それは、この時代の大学教育の水準の高さでもあるが、決してそれだけではない。

彼らの言葉の成熟は、何よりも、「死を覚悟した人間」の精神の成熟に他ならない。省みて、現代の我々の精神が未熟であるとすれば、それは、究極、「死に対する覚悟の欠如」であることを教えられる。

もう一つは「自らの境遇の有難さ」。

この手記の中には、「国を守るため、立派に死んでいきます」という言葉や、「父上、母上、有難うございました」といった言葉が多い。その言葉からは、理不尽な戦争と不本意な死を前に、それでも自らの感情を抑制し、理性的にそれを受容しようとする格闘が伝わってくる。

しかし、むしろ、我々の心に深く突き刺さってくるのは、この赤裸々な言葉であろう。

「何も知らない子供たち。彼らはあれでいい。

（戦争はまもなく終わるのだから）
みじめなのは俺たちだ。
一昔前の人たち。俺たちよりはましだ。
人間らしい生活を、少しでも送ってきているんだもの」

この言葉から伝わってくるものは、「なぜ、我々は、こんな不幸な時代に生まれたんだ」という叫びである。

そして、この叫びを、心の奥深く受け止めるとき、彼らに比べ、我々が、いま、どれほど恵まれた時代と境遇に生きているかを、教えられる。

そして、その恵まれた境遇を与えられた我々が、いかに生きるべきかを、考えさせられる。

小石までが輝いて見えるのです

『飛鳥へ、そしてまだ見ぬ子へ』

井村和清

自分の命は、もう長くない。

そのことを知ったとき、人は、どのような思いに駆られるのか。

それは、おそらく、実際にそれを経験した人間にしか分からない。

経験のない人間に想像できるのは、刻々近づいてくる死への恐怖に駆られ、肉親と別れることの悲しみに沈み、自分を襲った不幸を嘆き、絶望と混乱の中で、最後の時を生きていく。そうした人間の姿であろう。

しかし、この書を読むとき、死を覚悟した人間が、実は、一つの不思議な光景を見ることを、教えられる。

井村和清医師。三〇歳のある日、突如、右膝に巣食った悪性腫瘍が診断される。直ちに転移を防ぐために右足を切断するが、その甲斐なく、腫瘍は両肺に転移。数ヶ月の命を宣告されながらも、最後まで希望を捨てずに生き、三二歳の若さで他界する。

その井村医師が、死を覚悟し、精一杯に生きた最後の日々、愛する家族に向けて思いを綴った手記が、この書である。

では、死を覚悟した人間が見る光景とは、何か。

そのことを教えてくれるのが、腫瘍の転移を知り、死を覚悟して帰途についた日の夕刻、井村医師が見た光景である。

「その夕刻、自分のアパートの駐車場に車をとめながら、私は不思議な光景を見ていました。

世の中が輝いて見えるのです。
スーパーに来る買い物客が輝いている。
走りまわる子供たちが輝いている。
犬が、垂れはじめた稲穂が、雑草が、電柱が、
小石までが美しく輝いて見えるのです。
アパートへ戻って見た妻もまた、
手を合わせたいほど尊く見えたのでした」

自分の命は、もう長くない。
そのことを知ったとき、
日常の何気ない光景さえも、光り輝いて見える。

その光景を、私もまた、見た。

それは、井村医師がその光景を見た、数年後のことであった。

医者から命の長くないことを伝えられた自分が見たのも、やはり、光り輝く光景であった。

自分の足元が崩れてゆく感覚の中で、目の前にある日常の世界が、奇跡のように尊い世界であることを感じ、すべての物事が光り輝いて見えた。

何かの不思議な力により、その命を長らえ、三四年の歳月を生きてきたいまも、そのときの光景は、心に焼きついている。

いや、いまも、毎日のように、その光り輝く光景を、見る。

なぜなら、この書の中で引用された哲学者ショーペンハウエルの言葉のごとく、我々は、誰もが、必ず到来する最期の日を待つ死刑囚。百年にも満たない一瞬の生を駆け抜けていく、儚《はかな》い存在。

そのことに気がついたとき、誰にとっても、目の前の日常の世界が、かけがえのない光を放ち、輝き始めるのだろう。

若い時には、若い心で生きて行くより無いのだ。
純な青年時代を過ごさない人は、
深い老年期を持つ事も出来ないのだ。

『出家とその弟子』

倉田百三

若さを持て余す時代。

誰もが、人生において、そうした時代を過ごす。

例えば、青年期の純粋な心と世俗の現実との矛盾。理想の自分と日常の自分の乖離《かいり》。精神と肉体の背反。言葉と本心の分離。理想と野心の混同。自我の渇望感と衝動。そうした葛藤の中に、我々は、青春時代を送る。

では、その時代、我々は、何に救いを求めるか。

その問いに対し、病身、不遇、挫折、失恋といった人生の懊悩《おうのう》を背負いながら、二六歳の青年、倉田百三が、赤裸々な心で書き上げたのが、戯曲『出家とその弟子』であった。

この書は、明治以後の最大の宗教文学と呼ばれるほど、大正期から現在に至るまで、無数の青年の心を捉えた作品となったが、その中でも、胸を打つのが、冒頭の言葉であろう。

若い時代には、心の奥から湧き上がる熱い思いに衝き動かされ、人は生きる。ときに、それが大きな喜びとなるが、ときに、その熱い思いゆえ、人は苦しむ。

その苦しみのさなかにある若者に向け、戯曲の中の親鸞の言葉に託し、倉田は語る。

「若い時代には、その熱い思いで生きるしかないのだ。しかし、その時代を、懸命に熱い思いで生きた人間だけが、静かな老境を得ることができるのだ」と。

その倉田の言葉は、誰よりも、その熱い思いに苦しむ、自身への救いの言葉ではなかったか。

その言葉が我々の心に響くのは、それが、著者自身の心の叫びであったからであろう。

そうした魂の深奥からの言葉は、この戯曲の中で、親鸞、唯円、善鸞の言葉として語られる。

「寂しいときは、寂しがるがいい。運命が、お前を育てているのだよ」

「願いと定めとを、内面的につなぐものは、祈りだよ」

若き日に邂逅を得た、これらの言葉。老境の入口に立ち、心が静まりゆく時代を迎え、この倉田の言葉が、深く響く。

もとより、この倉田の作品は、二六歳の筆。そこには、人間としての未熟も、混乱もある。

しかし、なぜ、この書が、多くの人々の心を捉えて離さぬのか。

そのことを考えるとき、不思議な逆説に気がつく。

やはり、多くの人々の心を捉えた親鸞の言葉、『歎異抄』。それは、実は、弟子の唯円の書き残したもの。同様に、道元の言葉、『正法眼蔵随聞記』。それは、弟子の懐奘の書き残したもの。

いずれも、自身の未熟を知り、嘆き、道を求め、求め、祈りを込めて書き残したものが、なぜか、多くの人々の心を打つ。

そのことに気がつくとき、我々は、一つの言葉が、実は、深い救いの言葉であることを知る。


求道、これ道なり。

鋼鉄はいかに鍛えられたか

『鋼鉄はいかに鍛えられたか』

オストロフスキー

未来の記憶。

人生において、ときおり、そう呼びたくなる言葉との邂逅がある。

あるとき、一つの言葉と巡り会う。なぜか、その言葉に惹《ひ》かれるのだが、理由が分からない。

しかし、その後、歳月を重ね、様々な経験を与えられながら人生を歩み、ふと振り返るとき、その言葉が、自分の人生の未来を教えていたと感じる。

そうした「未来の記憶」とでも呼ぶべき言葉がある。

一九七〇年、嵐の季節に、一つの言葉と巡り会った。

六八年、六九年と続いた全国大学闘争は、七〇年の安保闘争を迎え、頂点に達していた。

学生活動家のデモやアジテーションで、いつも騒然としていた大学のキャンパス。その片隅にある書店で、一冊の本の書名が目にとまった。

『鋼鉄はいかに鍛えられたか』

政治の季節の盛り。書店には、マルクスやサルトルの著作、社会主義や共産主義を語る本、政治や経済、変革や革命の思想を語る本が、所狭しと並んでいた。

しかし、それらの本の中で、この一冊の本の書名が、何かを訴えてきた。

それは、当時、世界中で多くの若者に読まれてきたプロレタリア文学の一冊であり、ロシア革命に身を投じた一人の青年が、様々な困難を超え、逞しく成長していく姿を描いた小説であった。

しかし、自分の心を惹きつけたのは、その物語よりも、むしろ、その書名であった。

おそらく、その頃の自分は、心の奥深く、一つの疑問を抱いていたからであろう。

勇ましい言葉でこの国の革命を語る学生活動家。その空虚な言葉を聞きながら、心の中で抱き続けた疑問があった。

自由な学生時代に、政治の変革、社会の変革を語り、大学にバリケードを築き、機動隊に投石することを「闘い」と称することは、難しくない。しかし、我々に、最も困難な闘いがあるとすれば、それは、実社会に出てからではないか。

人生の責任を背負い、矛盾に満ちた現実に囲まれ、それでもなお、若き日に心に抱いた理想を失うことなく、数十年の歳月を歩めるか。そのことこそが、最も困難な闘いではないのか。

その問いは、同じ時期に巡り会ったもう一つの言葉と共鳴した。

自分を変革できない人間は、社会を変革することはできない。

重い言葉であった。

しかし、その重さゆえに、足が地に着いた。そして、人生の苦労や困難が、自分を成長させてくれるためにあると、少しずつ思えるようになった。

あれから四八年。幾多の挫折を経た歳月を振り返り、いまだ鋼鉄ならぬ身を知りながら、思う。

あの言葉が、一人の弱き人間の成長を支えてくれた。

自ら恃むところ頗る厚く、
賤吏に甘んずるを潔しとしなかった

『李陵・山月記』

中島敦

文章の力とは、何か。

文筆の道を歩んで二〇年余り。

そのことを問い続けてきた。

もとより、文章の力とは、ただ一つの力ではない。

主題の選定、導入の摑み、論旨の展開、比喩の妙味、修辞の香り。結語の余韻。そうした様々なものの総合的な力が、文章の力と呼ぶべきものであろう。

しかし、もし、文章に力を与える最も大切なものを挙げよと問われれば、ただ一つの答えが心に浮かぶ。

文章の響き。
それが、最も大切であろう。
そのことを教えられたのは、実は、高校時代。
国語の教科書に載っていた一つの文章に、心を奪われた。

「隴西《ろうせい》の李徴《りちょう》は博学才穎《さいえい》、天宝の末年、若くして名を虎榜《こぼう》に連ね、ついで江南尉《こうなんい》に補せられたが、性、狷介《けんかい》、自ら恃《たの》むところ頗《すこぶ》る厚く、賤吏《せんり》に甘んずるを潔《いさぎよ》しとしなかった……」

朗々たる響きをもって始まる短編は、『山月記』。その名文の書き手が中島敦であることを知り、すぐに短編集『李陵・山月記』を買い求め、暗唱するほどに読んだことを想い出す。

爾来《じらい》、文章とは、その音としての響きが命であるとの念を抱き、多くの書を読み、文章を書いてきた。

いま、若き日の日記を読み返すと、なぜか、すべてが、散文詩の形式で書かれている。それは、叙情としての詩に惹かれたのではなかった。詩という形式が、文章の響きを生み出すのに最適と感じたからであろう。

さらに、学生時代、多くの聴衆の前で語ることを幾度も経験した。無数の言葉を語り続けるうちに、いつか、言葉を発すれば、無意識に、あるリズムを伴って語る術を身につけていた。

そして、その歩みの中で、我が国で語られてきた一つの言葉の意味を解するようになった。

「言霊《ことだま》」

なぜ、我々の言葉に、ときに「霊《たましい》」と呼ぶべき不思議な力が宿るのか。

その一つの秘密が、言葉の響きに他ならない。

言葉の力が失われた現代。世の中には、言葉とは単に意味を運ぶ記号であるとの誤解が溢れている。しかし、言葉は、意味だけでなく、響きをも運ぶ。そして、言葉の意味は、我々の脳に、理性に、表層意識に伝わってくるが、言葉の響きは、我々の心に、感性に、深層意識に、深く働きかけてくる。

その言葉の働きこそが、言霊を生みだす力であろう。

では、なぜ、言霊が、ときに、世界をも動かす力を持つのか。

その秘密を、かつて空海が、『声字実相義《しょうじじつそうぎ》』において語っている。

「五大に、みな響きあり」

然り。世界の全ては、深く響き合い、常に変化《へんげ》しているが故に。

あなたは、多くの知識を持ってはいるが、心は貧しい。

そして心が貧しいほど、知識への欲求は大きくなる。


『クリシュナムルティの日記』

J・クリシュナムルティ

詩的な言葉と、深遠な思想。

この書は、その二つが、本来、一つのものであることを、教えてくれる。

インドの思想家、クリシュナムルティの日記は、次のような描写から始まる。

「朝のその時間、小さな村の道には誰の姿もなく、遠くの田園は、樹々や草地や、囁くような微風に満たされていた。澄みきった星明かりの朝だ。雪の峰々や氷河は、まだ闇の中にあり、人々は眠っていた」

しかし、日常の情景を静かな一編の詩として語る文章の中に、突如、深い思索の言葉が語られ始める。冒頭に掲げたような、心に深く残る言葉である。

初めてこの文章に触れたとき、その形式の意味が分からなかったが、彼の著作を読むにつれ、その意味を解した。

彼が、その著作を通じて伝えようとしているのは、知識と論理では掴み得ないもの。体験と直覚によってしか掴み得ない「叡智」に他ならない。そして、その叡智の言葉を理解するためには、まず、読者は、自らの感性の扉を開かなければならない。

クリシュナムルティが、美しく詩的な言葉と、深遠なる思想を連ねて語る理由は、そこにある。

「観察者と観察されるものは、一つである」

「全き静寂の中に、永遠の美が到来する」

こうした言葉は、知識と論理に囚われた思考では、決して理解することができない。

そして、クリシュナムルティは、こうした体験と直覚の大切さを語るとともに、いかなる権威にも依存しない心の在り方を語る。

「真理は、道なき大地である」

「あなたの他に、いかなる権威もない」

世界的な教団の指導者の地位にありながら、その教団を解散し、ただ一人の人間として生きたクリシュナムルティ。

その言葉は、深く心に響く。

たしかに、冒頭の言葉のごとく、我々は、空虚な心を満たすために、知識という権威を求める。そして、知識を身につけることで、心の空虚さを埋めることができるとの幻想に陥る。

しかし、実は、その空虚さと渇望感そのものが幻想であり、本来、我々は、それ自身で、すでに十全なる存在である。

その真実は、仏教思想が生まれた最初の瞬間に、釈尊《しやくそん》によって語られている。

「天上天下《てんじようてんげ》、唯我独尊《ゆいがどくそん》」

この言葉の真の意味は、そこにある。そして、この同じ意味を、クリシュナムルティは、静かなる永遠の言葉として残している。

あなたは世界であり、
世界はあなたである。

あなたが癒されるとき、
世界も癒される。

万物と自己とは、根源的には一つ

『心理療法序説』

河合隼雄

二一世紀のマネジメントは、どこに向かうのか。

永年、マネジメントの道を歩み、辿り着いた一つの答えがある。

「これからの時代のマネジメントは、
カウンセリングの世界に近づいていく」。

多くの部下を預かり、現場の矛盾と格闘し続けた日々。そうした日々において、心の支えとなり、糧を得た書物は、実は、経営学者の本でもなければ、企業経営者の本でもなかった。

それは、臨床心理学の道を歩んだ河合隼雄氏の著書であった。

数十年にわたり、一人のカウンセラーとして数多くのクライアントの悩みに耳を傾け、その心に正対し、病める心の治癒を支え続けてきた河合氏の著書は、いかなる書よりも、深く納得し、共感できるものであった。

なぜなら、カウンセリングとマネジメントは、一つの行為において、共通の仕事に取り組む職業だからである。

「相手の心の成長を支える」。

その相手が、クライアントと部下という違いはあれども、カウンセリングも、マネジメントも、「他者の心の成長を支える」という一点において、共通の世界を歩んでいる。

そして、河合氏の著作に最も深く共感するのは、氏がカウンセリングの逆説を語るときである。

「カウンセラーは、クライアントを癒すわけではない。

クライアントは、自らの力で自身を癒していく。

我々は、その自己治癒のプロセスを、粘り強く支えるだけである」

然り。それは、マネジメントも同じ。

上司は、部下を「成長させる」ことはできない。

部下は、自らの力で成長していく。

我々が為すべきことは、ただ「成長を支える」ことだけである。

では、「成長を支える」ために、何が求められるのか。

それは、言葉にすれば素朴なこと。だが、実行は極めて難しい。

「部下の心に正対すること。

操作主義の心を持たず、
無言の声を聞き届けること」。

しかし、この困難な営みに取り組むとき、我々は、さらに深い世界に気がつく。そして、河合氏が語る「矛盾に満ちた言葉」に深く共感する自分を見出すだろう。

「何もしないことに、全力を注ぐ」

そして、河合氏は、その先に辿り着く、さらに深い世界をも示唆する。

それが、この『心理療法序説』の中で紹介される「雨降らし男」の物語。万物・自己一体の寓話。


「自分の心に秩序を得たとき、世界も秩序を回復する」


その不思議な寓話である。

しかし、それは、実は、我々が、日々の職場で常に経験する真実に他ならない。

ただ、我々は、その真実に気がつかない。

我々の心は、本来、境界の無い世界に、
自ら境界を作り出し、葛藤と苦しみを生み出している。

『無境界』
ケン・ウィルバー

なぜ、我々の心に、苦しみが生まれるのか。
人生における、その根源的な問いに対し、トランスパーソナル心理学の最大の思想家、ケン・ウィルバーは、こう答える。
「本来、我々の生きる世界に、境界は無かった。
そこに、我々の自我（エゴ）が、自ら境界を作り出し、
その境界によって、自己と他者を分け、
そこに葛藤と苦しみを生み出した」

例えば、我々は、この肉体の中にあるものが自己であり、それ以外の人間は他者であると考える。そのとき、その他者との間に心の摩擦や葛藤が生まれ、ときに、サルトルの語る「他者とは地獄なり」との世界に陥っていく。職場の人間関係で苦しむとき、我々は、その状態にある。

また、我々は、ときに、「我が社」や「我が国」という言葉と自己を一体化させる。そして、その言葉とともに、「競合社」や「敵国」という観念を生み出し、その他者との争いに勝つことが喜びであるとの幻想に陥っていく。そして、そこにも、際限の無い葛藤が生まれてくる。

そして、不思議なことに、我々は、この肉体の中にも、自己と他者の境界を作り出し、そこにも葛藤と苦しみを生み出す。

例えば、自分の「精神」こそが自己であり、「肉体」は他者であると感じるとき、我々は、「心身症」と呼ばれる病に陥り、体の不調という苦しみを味わう。

また、自分の精神の中に、「本当の自分」と「偽物の自分」がいると感じるとき、我々は、「統合失調症」と呼ばれる病に陥り、その二つの自分の葛藤に苦しむ。

さらに、我々の心は、自己と他者の境界だけでなく、様々な境界を生み出す。真偽、善悪、美醜、悲喜、苦楽、幸不幸、運不運などの言葉によって、世界を二つに分け、その好ましい一方に自己を重ね、それのみを得ようとし、他の一方を他者とみなし、それから逃れようとする。

しかし、その境界もまた同様に、我々の苦しみを生み出す。

禅の世界では、「善悪、本来無し」との言葉が語られるが、永年の参禅や幾多の経典によっても掴むことの困難な、この言葉の真の意味を、ウィルバーは、世界中の宗教の教義に関する膨大な知識と、現代心理学の最先端の知見とを深く結びつけ、誰にも分かり易く、解き明かす。

もとより、この書を読んで、ただちに、我々の心の葛藤や苦しみが消えるわけではないが、この書は、その葛藤や苦しみの根源が、我々が自らの心の中に作り上げる「境界」という幻想であることを教えてくれる。

そして、実は、その「幻想」に気がつくことこそが、あらゆる宗教的真理への第一歩であり、同時に、宗教的修行のめざす、究極の到達点に他ならない。

無明と業は、知性に無条件に屈服するところから起こる

『禅と日本文化』

鈴木大拙

二一世紀、世界の宗教は、どこに向かうのか。

数千年の歳月を経て、未だ世界の各地で宗教同士が争う姿を見るとき、我々の心には、その切なる問いが浮かぶ。

そして、その問いを心に抱き、一冊の書を読むとき、日本において独自の開花を遂げた一つの宗教が、世界の宗教の未来を先取りしていることに気がつく。

『禅と日本文化』

大拙がこの書によって語っているのは、単なる文化論ではない。そこに描かれているのは、まさに禅の精神の神髄であり、この国の文化の根底に、どれほど深く、その精神が浸透しているかの証左である。

もとより、宗教が、宗教として語られている社会は、まだ真に成熟した社会とは呼べない。

宗教的な精神性が、生活と文化の隅々にまで浸透し、人々が、宗教の存在を意識しなくなったとき、宗教は、その本来の目的を達する。

二一世紀の宗教の条件は、その逆説を体現することであろう。

それゆえ、二一世紀の宗教の第一の条件は、「文化への昇華」。

この日本という国において、人々が日常使う「縁」「一期一会」「有り難い」といった言葉に、どれほど深い精神性が宿っているか、我々は、気がつかなければならない。

そして、禅において、日常の生活に一体化された「常住坐臥《じょうじゅうざがぜん》禅」の精神が語られる意味を、我々は、理解しなければならない。

第二の条件は、「万教帰一《ばんきょうきいつ》」。

かつて、オルダス・ハクスリーが、その著書『永遠の哲学』の中で、世界の様々な宗教を並べて論じ、すべての宗教の根底には、同一の教義が存在していることを語っている。

禅は、その意味で、いかなる宗派にも囚われない。なぜなら、禅において最も大切にされるのは、知識でも、知性でもなく、体験であり、直覚だからである。そして、本来、真の宗教は、すべて、体験を通じてのみ得られる、直覚の大切さを語っている。

そのことを示すのが、冒頭の言葉。

禅にとって、様々な宗派が語る教義の違いは、いずれ知性の無明。教義を言葉で語らんとすることは、そもそも宗教からの逸脱。「不立文字《ふりゅうもんじ》」という言葉は、その機微を教えている。

そして、第三の条件は、「権威の否定」。

真の宗教は、権威への依存を戒める。特に、宗教的権威への依存は、最も危うい陥穽《かんせい》。神仏を背後に担ぐことは、権威を纏《まと》いたいと願う小我にとって、最も密《ひそ》やかで、最も抗《あらが》い難い誘惑となる。

それゆえ、禅においては、その陥穽を、一瞬、耳を疑うばかりの、厳しい言葉で戒める。

「仏に会いては、仏を殺せ」

この言葉の真意を摑むとき、我々は、大地に自らの足で立つ自身の姿を見出すだろう。

今後百年の間に、
地球上での成長は限界に達するであろう。

『成長の限界』

ドネラ・メドウズ／デニス・メドウズ

「我々に残された時間は無い！」

二〇〇九年一月のダボス会議、元米国副大統領のアル・ゴアは、地球温暖化の危機について、そう叫ぶように語っていた。会場で、彼の鳴らす警鐘を聴きながら心に浮かんだのは、「三七年前、すでにその警鐘は鳴らされていた」との思いであった。

その警鐘とは、世界的なシンクタンク、ローマクラブが発表した『成長の限界』という報告書。

「人類の危機レポート」という副題とともに一九七二年に出版されたこの報告書には、次の深刻な予測が語られていた。

「世界人口、工業化、汚染、食糧生産、資源の消耗などの点で、現在のような成長が続けば、今後百年の間に、地球上での成長は限界に達するであろう。その結末は、人口と工業力の突然の制御不可能な減退である」

この報告書を作成したのは、ドネラ・メドウズとデニス・メドウズを中心とする研究者たち。

しかし、それから二〇年後、彼らは、この『成長の限界』の続編、『限界を超えて』という報告書を、ふたたび発表した。

だが、そこに書かれている人類の未来の予測は、一点を除いて、まったく同じものであった。

「人間が資源を消費し、汚染物質を産出する速度は、すでに持続可能な速度を超えてしまった。物質およびエネルギーのフローを大幅に削減しない限り、一人当たりの食糧生産量、エネルギー消費量、工業生産量は、何十年か後には、もはや制御できないような形で減少するだろう」

では、違っている一点とは何か。

『成長の限界』では、危機の到来が「今後百年の間に」とされている。しかし、『限界を超えて』では、それが「何十年か後には」とされている。

この表現の変化。それこそが、人類の危機の到来が「加速」されていることを示している。そして、その「加速」に対する強い危機感が、アル・ゴアの警鐘の背後にある。

では、この加速する危機の前で、我々人類は、時間を使い果たし、混沌《こんとん》に呑み込まれていくのか。

その問いへの示唆を、メドウズらは、二〇〇五年に出版した三冊目の著書『成長の限界　人類の選択』において述べている。

「人類はオゾン層の保護には成功した。されば、この地球温暖化も、いま我々人類が、意識を変え、最善の努力をすれば、必ず解決していける」

この希望と励ましの言葉を読むとき、一つの人生訓が、心に浮かぶ。

「困難の時代においてこそ、人間は成長する」

もし、そうであるならば、それは、人類においても、同じ。

いま、我々人類は、大きく成長し、成熟していくべき時代を迎えている。

我々は、いま、ターニング・ポイントにさしかかっている

『ターニング・ポイント』
フリッチョフ・カプラ

かつて、文化人類学者のグレゴリー・ベイトソンが、洞察的な言葉を残している。

「複雑なものには、生命《いのち》が宿る」

この言葉通り、市場や経済、社会や国家といったシステムが複雑になると、あたかも「生命的システム」のような挙動を示すようになる。

それは、外から働きかけなくとも自然に秩序を生み出す「創発」や「自己組織化」、次々と新たなシステムへと高度化していく「進化」や「相互

進化」、互いに緊密に結びついた「生態系」の形成、システムの片隅の小さなゆらぎが、システム全体の巨大な変動をもたらす「バタフライ効果」などの挙動であり、これらの機序を解明することが、現代科学の最先端において「複雑系」(complex system) の研究がめざしているものである。

その事例としては、政府が技術的標準を定めなくとも、市場において、自然に「事実上の標準」(デファクト・スタンダード) が生まれてくる現象や、シリコンバレーなどの地域において、新たな事業を育む「ビジネス生態系」が生まれてくる現象、さらには、米国の住宅産業の片隅でのローンの破綻《はたん》が、世界全体を経済危機に巻き込んだ現象などが挙げられる。

では、さらなる情報革命の進展に伴って、市場や経済、社会や国家といったシステムが、ますます高度な「複雑系」になり、その「生命的システム」としての挙動を強め、人間が意図的に制御できない性質を強めていくとき、我々は、それに、どう対処していけば良いのか。

その問いに対する深い示唆を与えてくれるのが、フリッチョフ・カプラの著作、『ターニング・ポイント』であろう。

いま、人類社会は、地球環境の破壊、戦争とテロの続発、世界的な経済危機といった様々な難問に直面しているが、その解決策は、多くの場合、市場や経済、社会や国家というものを無意識に「機械的システム」であると考える世界観に立脚している。それは、機械が故障したとき、壊れた部品を発見し、取り換えて修理するように、原因となる問題を発見し、それを除去することによって、それらの難問が解決できるという発想であり、環境破壊に対しては、環境技術の開発、テロに対しては、テロリストの撲滅、経済危機に対しては、規制の強化、といった対症療法的な発想である。

しかし、これらの難問を真に解決するためには、まず、市場や経済、社会や国家というものが「生命的システム」であり、一つの有機的な「生態系」を形成していることを理解しなければならない。そして、昔から「病むときは、全体が病む」という叡智が語られるように、難問が生まれる原因は、個別の問題ではなく、市場や経済、社会や国家という「生命的システム」が全体として病んでいること、その「生態系」がバランスを崩していることを、深く理解しなければならない。

カプラの著作は、そうした視点から、物理学、生物学、医学、心理学、経済学など、広汎な領域における知のパラダイム転換の必要性を語り、古い「機械的世界観」を新たな「生命的世界観」へと転換することによる問題解決の道筋を、説得力をもって語っている。

しかし、我々日本人が、その世界観の転換を実現するために、いま、見つめるべきは、海の彼方ではない。

我々は、まず、足下の大地をこそ、見つめるべきであろう。

なぜなら、「山川草木国土悉皆仏性」という言葉のごとく、この国は、昔から、世界のすべてを「大いなる生命」と見てきたからである。

地球幼年期の終わり　―　Childhood's End

『地球幼年期の終わり』

アーサー・C・クラーク

人類は、いま、いかなる時代を歩んでいるのか。

そのことを考えるとき、我々がしばしば口にする言葉に、ふと疑問が湧いてくる。

例えば、「高度に発達した科学技術」という言葉。

たしかに、いま、先進国に住む我々は、情報技術でも、医療技術でも、最先端の技術を使い、その恩恵に十全に浴している。

しかし、もし、遠い未来の人類が、いま我々が使っている技術を見るならば、おそらく、「極めて原始的な技術を使っていた」と評するだろう。

例えば、「高度に発達した資本主義」という言葉。

たしかに、高度な金融技術を駆使した最先端の資本主義が、世界を席巻しているかに見える。

しかし、やはり遠い未来の人類から見るならば、「世界の片隅での住宅ローンの破綻が、一挙に世界全体を経済危機に巻き込むほど、危うい未熟な経済システムに立脚していた」と評するだろう。

もし、人類の歴史というものを、明治維新の人物伝や、ローマ帝国の興亡といった次元を超え、数千年の未来の人類の視点で見つめるならば、誰もが気がつくその事実に、日々の仕事に追われ、視野狭窄《しやきようさく》に陥った我々は、決して気がつかない。

そして、その大切な事実に気づかせてくれるのは、ドキュメンタリーでも、ノンフィクションでもなく、ときに、我々の想像力を極限まで飛翔させ、未来の物語を語ったSF小説であろう。

『地球幼年期の終わり』

SF小説の巨匠、アーサー・C・クラーク。彼の金字塔とも呼ばれるこの作品の生命力は、その意外性に満ちた壮大な物語の力以上に、実は、このタイトルの持つ言霊の力であろう。

我々人類は、まだ、「幼年期」の時代を歩んでいる。

それは、いまだ、この地球上を、戦争、テロ、飢餓、貧困、抑圧、差別、破壊が覆っている現実を見るならば、誰もが頷《うなず》くメッセージであろう。そして、それは、ある意味で、現代を生きる我々を、深く励ますメッセージでもある。

かつて、この地球上では、恐竜が、一億年以上栄え、そして、去っていった。

しかし、人類は、まだ、その誕生からわずか数百万年、その文明は、数千年しか経っていない。

されば、人類の歴史は、まだ始まったばかり。

そして、我々は、いつの日か、この「幼年期」の時代に終わりを告げる。

では、そのとき、我々は、いかなる時代の幕を開けるのか。

一人の人間の生を超え、その壮大なスケールの未来に思いを馳せるとき、悲惨と混乱に満ちた現在の世界にあって、それでもなお、我々の中に、この時代を生きる勇気が生まれてくる。

進化とは、
宇宙が、本来的に持つ「遊び心」に他ならない。

『自己組織化する宇宙』

エリッヒ・ヤンツ

なぜ、世界は、ここにあるのか。

なぜ、自分は、ここにいるのか。

それは、誰もが、心の奥深くに抱く問いであろう。

そして、もし、その問いに対する答えを、科学に求めるならば、我々は、一三七億年の旅に出なければならない。

悠久の過去に遡《さかのぼ》る旅である。

では、一三七億年前、そこには何があったのか。

何も無かった。

そこには「真空」しか無かった。

それが、現代科学が、我々に教える答えである。

科学が「量子真空」と呼ぶもの。

それが、突如、ゆらぎを生じ、急激な膨張を起こし、「インフレーション宇宙」を生み出した。

そして、その直後に起こったのが、よく知られる「ビッグバン」。

その大爆発によって、この宇宙は光で満たされた。そして、宇宙が冷えていくに従い、最も軽い元素、水素が形成された。

その水素が何億年もの歳月をかけて集まり、生まれたものが、夜空に無数に輝く星々、「恒星」。

そして、この恒星の中では、核融合により、様々な重元素が生み出され、恒星の寿命の終わりに、超新星の爆発とともに、再び宇宙へと飛び散っていった。

そして、その恒星の周りに形成されたものが、さらに無数の「惑星」。我々が生きるこの地球も、太陽という恒星の周りに生まれた一つの惑星に他ならない。

しかし、この地球は奇跡の惑星。それが、太陽から最適の距離にあったため、生命が生まれる稀有の環境が与えられた。

それゆえ、四六億年前に誕生したこの地球は、最初の一〇億年の間に、生命を生み出し、それが、さらに数十億年の歳月をかけて、生命進化の旅路を辿った。

原初的な生命から、魚類や両生類へ、爬虫類《はちゆうるい》や鳥類へ、哺乳類や霊長類へ、そして、高度な精神を持つ人類へ。

我々は、その一三七億年の旅路の果てに、いま、ここにいる。

そして、その壮大な進化の旅路を導いたものは、この宇宙の「自己組織化」の営みに他ならない。

真空から生まれた宇宙が、物質を生み出し、生命を生み出し、精神を生み出していった。

それは、この宇宙が、次々と複雑化を遂げていくプロセスであり、自己組織化を通じて進化していくプロセスでもあった。

しかし、現代科学が教えるその事実を知るとき、それでも、一つの問いが、我々の心に残る。

なぜ、宇宙は、真空のままであり続けなかったのか。なぜ、宇宙は、この壮大な自己組織化の旅に出たのか。この旅は、いったい、どこに向かうのか。そして、この旅において、我々の生には、いかなる意味があるのか。

ヤンツが、この遺作を通じて、我々に残した問い。

それが、いまも、心に鳴り響いている。

無数の人々とすれ違いながら、
私たちは出会うことがない

『旅をする木』
星野道夫

人生の意味を、どこまでも深く見つめる、透明な感性。
それは、自分の死期をも予感するのだろうか。
そして、自分の死の形をも予感するのだろうか。
アラスカの自然と動物を撮り続けた写真家、星野道夫。
彼は、かつて、あるインタビューに対し、こう答えている。

「熊に人が襲われた記事を読むと、少しほっとするのです。まだ、そんな自然が残っているということなのですから」

この言葉は何かの予感であったのか、星野は、このインタビューの翌年、カムチャッカを取材中、熊に襲われ、その生涯を閉じた。

しかし、その事実を知るとき、なぜか、心に浮かぶのは、「非業の死」という言葉ではなく、「彼は、すでに生を全うしていた」との思いである。それは、彼が写真家としての活動の傍らに残した、数多くの著作を読むとき、いつも、心に浮かぶ思いでもある。

「無窮《むきゅう》の彼方へ流れゆく時を、めぐる季節で確かに感じることができる。自然とは、何と粋なはからいをするのだろうと思います。一年に一度、名残惜しく過ぎてゆくものに、この世で何度めぐり合えるのか。その回数をかぞえるほど、人の一生の短さを知ることはないのかもしれません。アラスカの秋は、自分にとって、そんな季節です」

「人生はからくりに満ちている。日々の暮らしの中で、無数の人々とすれ違いながら、私たちは出会うことがない。その根源的な悲しみは、言いかえれば、人と人とが出会う限りない不思議さに通じている」

『旅をする木』の中に書かれている、これらの言葉。

それは、「人生の短さ」を思い、その「一瞬の人生」において、人が巡り会うことの不思議を語っている。

そして、彼の文章を静かに読み続けるとき、彼が「個としての死」を超えて存在する「永遠の生命」を見つめていたことが、伝わってくる。

我々は、その「永遠の生命」から生まれ、しばし、この地上で「個」としての生を営み、そして、還《かえ》っていく。
星野の透明な感性は、そのことを見つめていた。
そして、それゆえにこそ、彼は、この地上で人と人とが巡り会うことの不思議と奇跡を、誰よりも瑞々しく感じることができたのであろう。

そうであるならば、
彼は、すでに生を全うしていた。

では、いずれ「永遠の生命」に還っていく我々が、
なぜ、「個としての旅」に出たのか。

その問いこそが、彼が問い続けた「永遠の問い」。
我々もまた、その問いを抱き、この旅を続けていく。

永遠の一瞬

一枚の写真。
それは、我々に、言葉を語りかけてくる。
饒舌《じょうぜつ》な言葉を発する写真。
寡黙な写真。
叫びが聞こえてくる写真。
温かい言葉を語る写真。

『一木一草』
前田真三

そうした写真の中で、ときに、
ただ一言を、静かに語りかけてくる写真がある。
ただ一言。
しかし、魂に届くような一言。
それを語りかけてくる写真がある。
前田真三の写真は、その一言を語りかけてくる。

あれは何年前であったか。
肉親を失い、悲しみという言葉では表せない
深い喪失感の中を彷徨《さまよ》った日々。
ふと手に取った、写真集。
『一木一草』。
その写真集の中の一枚に目がとまった。

その瞬間、胸を衝く思いとともに、
一つの言葉が、心に浮かんだ。

永遠の一瞬。

それは、「一朶《いちだ》の白雲」と名づけられた写真であった。
水辺の草原。
夏の空に浮かぶ一朶の白い雲。
ただ、それだけの写真であった。

空に浮かぶ雲。
気ままな風に吹かれ、
どこへともなく流され、

いつか消えていく
儚い存在。

それは、この宇宙の
永遠の時間の流れから見れば、
儚い一瞬の出来事。
儚い一瞬の風景。

けれども、
この宇宙において、
同じ風景は
二度と、生まれてこない。

されば、それは、

永遠の一瞬。

なぜか、一つの言葉とともに、その思いが、心に浮かんできた。

前田真三の写真は、いつも静かに、ただ一言を語りかけてくる。

同じ写真集にある、「霜の朝」という写真。

冬の朝。霜の降りた山道。

一枚の枯葉が、そこにある。

「旅路の果て」という言葉が、心に浮かぶ。

一つの写真、一つの絵からも、言葉が伝わってくる。
それもまた、言葉との邂逅。

なぜなら、たとえ文章であっても、一つの言葉と出会うとき、
それは実は、他者の言葉と出会う一瞬ではない。
それは、自分の心の奥深くの、魂の声が聴こえてくる一瞬。

その一瞬を求め、書を読む。

謝辞

最初に、ＰＨＰ研究所の横田紀彦副編集長に、感謝します。
ＰＨＰ文庫での横田さんとのご縁が、この新著として結実しました。
いつもながら、大いなる何かに導かれるご縁の不思議さを感じます。

また、仕事のパートナー藤沢久美さんに、感謝します。
共にソフィアバンクというシンクタンクを運営してきた一七年余、
振り返れば、常に「深く考える力」が求められる日々でした。

そして、様々な形で執筆を支えてくれる家族、
須美子、誓野、友に、感謝します。
こうして一冊の著書を上梓するとき、感謝の思いが深まります。

新たな年を迎え、窓の外には、真白き富士が青空を背に聳《そび》えています。
すべてが浄化され、癒されていく白い雪を眺めるとき、
色々なことがあった昨年が、やはり、
何かに導かれた、素晴らしい年であったことを思います。

最後に、すでに他界した父母に、本書を捧げます。
我々の心の奥深くには、必ず、「賢明なもう一人の自分」がいる。
そして、その「もう一人の自分」の声に耳を傾けるならば、
それが、不思議な形で、良き人生を導いてくれる。
お二人が人生を歩む後姿から、そのことを教えて頂きました。

二〇一八年一月一日

田坂広志

「人生」を語る

『自分であり続けるために』(PHP研究所)
『未来を拓く君たちへ』(単行本:くもん出版/文庫本:PHP研究所)
『いかに生きるか』(ソフトバンク・クリエイティブ)
『人生の成功とは何か』(PHP研究所)
『人生で起こること すべて良きこと』(PHP研究所)
『逆境を越える「こころの技法」』(PHP研究所)
『人間を磨く』(光文社)
『すべては導かれている』(小学館)

「仕事」を語る

『仕事の思想』(PHP研究所)
『なぜ、働くのか』(PHP研究所)
『仕事の報酬とは何か』(PHP研究所)
『これから働き方はどう変わるのか』(ダイヤモンド社)
『なぜ、時間を生かせないのか』(PHP研究所)

「成長」を語る

『知性を磨く』(光文社)
『人は、誰もが「多重人格」』(光文社)
『知的プロフェッショナルへの戦略』(講談社)
『プロフェッショナル進化論』(PHP研究所)
『成長し続けるための77の言葉』(PHP研究所)

「技法」を語る

『仕事の技法』(講談社)
『経営者が語るべき「言霊」とは何か』(東洋経済新報社)
『ダボス会議に見る世界のトップリーダーの話術』(東洋経済新報社)
『意思決定 12の心得』(PHP研究所)
『企画力』(PHP研究所)
『営業力』(ダイヤモンド社)

主要著書

「思想」を語る

『生命論パラダイムの時代』（ダイヤモンド社）
『まず、世界観を変えよ』（英治出版）
『複雑系の知』（講談社）
『ガイアの思想』（生産性出版）
『忘れられた叡智』（PHP研究所）
『使える弁証法』（東洋経済新報社）

「未来」を語る

『未来を予見する「5つの法則」』（光文社）
『未来の見える階段』（サンマーク出版）
『目に見えない資本主義』（東洋経済新報社）
『これから何が起こるのか』（PHP研究所）
『これから知識社会で何が起こるのか』（東洋経済新報社）
『これから日本市場で何が起こるのか』（東洋経済新報社）

「戦略」を語る

『まず、戦略思考を変えよ』（ダイヤモンド社）
『これから市場戦略はどう変わるのか』（ダイヤモンド社）

「経営」を語る

『複雑系の経営』（東洋経済新報社）
『暗黙知の経営』（徳間書店）
『なぜ、マネジメントが壁に突き当たるのか』（PHP研究所）
『なぜ、我々はマネジメントの道を歩むのか』（PHP研究所）
『こころのマネジメント』（東洋経済新報社）
『ひとりのメールが職場を変える』（英治出版）

著者情報

田坂塾への入塾

思想、ビジョン、志、戦略、戦術、技術、人間力という
「7つの知性」を垂直統合した
「21世紀の変革リーダー」への成長をめざす場
「田坂塾」への入塾を希望される方は
下記のアドレスへ

tasakajuku@hiroshitasaka.jp

「風の便り」の配信

著者のエッセイ・メール「風の便り」の
配信を希望される方は、下記のサイトへ

「未来からの風 —田坂広志公式サイト—」
http://hiroshitasaka.jp/

ご意見・ご感想の送付

著者へのご意見やご感想は
下記の個人アドレスへ

tasaka@hiroshitasaka.jp

講演の視聴

著者の講演を視聴されたい方は、下記のサイトへ

You Tube「田坂広志　公式チャンネル」

著者略歴

田坂広志（たさかひろし）

1951年生まれ。1974年、東京大学工学部卒業。
1981年、東京大学大学院修了。工学博士（原子力工学）。
同年、民間企業入社。
1987年、米国シンクタンク、バテル記念研究所客員研究員。
同年、米国パシフィック・ノースウェスト国立研究所客員研究員。
1990年、日本総合研究所の設立に参画。
10年間に、延べ702社とともに、20の異業種コンソーシアムを設立。
ベンチャー企業育成と新事業開発を通じて
民間主導による新産業創造に取り組む。
取締役・創発戦略センター所長等を歴任。現在、同研究所フェロー。

2000年、多摩大学大学院教授に就任。社会起業家論を開講。
同年、21世紀の知のパラダイム転換をめざす
シンクタンク・ソフィアバンクを設立。代表に就任。

2005年、米国ジャパン・ソサエティより、日米イノベーターに選ばれる。
2008年、ダボス会議を主催する世界経済フォーラムの
Global Agenda Councilのメンバーに就任。
2009年より、TEDメンバーとして、毎年、TED会議に出席。
2010年、ダライ・ラマ法王、デスモンド・ツツ大司教、
ムハマド・ユヌス博士、ミハイル・ゴルバチェフ元大統領ら、
4人のノーベル平和賞受賞者が名誉会員を務める
世界賢人会議・ブダペストクラブの日本代表に就任。
2011年、東日本大震災と福島原発事故に伴い、内閣官房参与に就任。

2013年、思想、ビジョン、志、戦略、戦術、技術、人間力という
「7つの知性」を垂直統合した
「21世紀の変革リーダー」への成長をめざす場
「田坂塾」を開塾。
現在、全国から4000名を超える経営者やリーダーが集まっている。

著書は、国内外で80冊余り。
海外でも旺盛な出版と講演の活動を行っている。

初出一覧

第一部「賢明なもう一人の自分」
書き下ろし

第二部「深き思索、静かな気づき」
雑誌「Forbes JAPAN」
二〇一五年八月号～二〇一八年二月号

第三部「言葉との邂逅」
雑誌「Forbes JAPAN」
二〇〇八年八月号～二〇〇九年一一月号

PHP新書
PHP INTERFACE
https://www.php.co.jp/

田坂広志［たさか・ひろし］

1951年生まれ。74年東京大学卒業。81年同大学院修了。工学博士（原子力工学）。87年米国シンクタンク・バテル記念研究所客員研究員。90年日本総合研究所設立に参画。取締役を務める。2000年多摩大学大学院教授に就任。同年シンクタンク・ソフィアバンク設立。05年米国ジャパンソサエティより日米イノベーターに選ばれる。08年世界経済フォーラム（ダボス会議）GACメンバー。10年世界賢人会議ブダペストクラブ日本代表。11年内閣官房参与。13年全国の経営者が集い「7つの知性」を学ぶ場「田坂塾」を開塾。

深く考える力

PHP新書 1133

二〇一八年三月一日　第一版第一刷
二〇二三年三月六日　第一版第五刷

著者——田坂広志
発行者——永田貴之
発行所——株式会社PHP研究所
東京本部——〒135-8137 江東区豊洲5-6-52
ビジネス・教養出版部 ☎03-3520-9615（編集）
普及部 ☎03-3520-9630（販売）
京都本部——〒601-8411 京都市南区西九条北ノ内町11
組版——有限会社エヴリ・シンク
装幀者——芦澤泰偉＋児崎雅淑
印刷所
製本所——図書印刷株式会社

ISBN978-4-569-83786-4

ＰＨＰ新書刊行にあたって

「繁栄を通じて平和と幸福を」(PEACE and HAPPINESS through PROSPERITY)の願いのもと、ＰＨＰ研究所が創設されて今年で五十周年を迎えます。その歩みは、日本人が先の戦争を乗り越え、並々ならぬ努力を続けて、今日の繁栄を築き上げてきた軌跡に重なります。

しかし、平和で豊かな生活を手にした現在、多くの日本人は、自分が何のために生きているのか、どのように生きていきたいのかを、見失いつつあるように思われます。そして、その間にも、日本国内や世界のみならず地球規模での大きな変化が日々生起し、解決すべき問題となって私たちのもとに押し寄せてきます。

このような時代に人生の確かな価値を見出し、生きる喜びに満ちあふれた社会を実現するために、いま何が求められているのでしょうか。それは、先達が培ってきた知恵を紡ぎ直すこと、その上で自分たち一人一人がおかれた現実と進むべき未来について丹念に考えていくこと以外にはありません。

その営みは、単なる知識に終わらない深い思索へ、そしてよく生きるための哲学への旅でもあります。弊所が創設五十周年を迎えましたのを機に、ＰＨＰ新書を創刊し、この新たな旅を読者と共に歩んでいきたいと思っています。多くの読者の共感と支援を心よりお願いいたします。

一九九六年十月

ＰＨＰ研究所